关注孩子内心的柔软
讲述生命与爱的时代经典

金芦苇
国际大奖书系

我和小木的夏天

[德] 斯蒂芬妮·霍芙勒 著

崔培玲 译

浙江文艺出版社
Zhejiang Literature & Art Publishing House

Originally published as "Mein Sommer mit Mucks"
by Stefanie Höfler
© 2015 Beltz & Gelberg
in the publishing group Beltz – Weinheim Basel
本书简体中文版权为浙江文艺出版社独有。
版权代理：北京华德星际文化传媒有限公司
版权合同登记号：图字：11-2020-158号

图书在版编目（CIP）数据

我和小木的夏天 /（德）斯蒂芬妮·霍芙勒著；崔培玲译. —杭州：浙江文艺出版社，2021.4
　　ISBN 978-7-5339-6363-7

　　Ⅰ.①我…　Ⅱ.①斯…　②崔…　Ⅲ.①儿童小说—中篇小说—德国—现代　Ⅳ.①I516.84

中国版本图书馆CIP数据核字（2020）第271330号

责任编辑	何晓博	装帧设计	吕翡翠
责任校对	陈　玲	营销编辑	周　鑫
责任印制	吴春娟	数字编辑	姜梦冉
封面插画	李亲亲		

我和小木的夏天

[德] 斯蒂芬妮·霍芙勒 著　崔培玲 译

出版发行	浙江文艺出版社
地　　址	杭州市体育场路347号
邮　　编	310006
电　　话	0571-85176953（总编办）
	0571-85152727（市场部）
制　　版	杭州天一图文制作有限公司
印　　刷	杭州杭新印务有限公司
开　　本	880毫米×1230毫米　1/32
字　　数	54千字
印　　张	5
插　　页	2
版　　次	2021年4月第1版
印　　次	2021年4月第1次印刷
书　　号	ISBN 978-7-5339-6363-7
定　　价	28.00元

黑暗中，光更亮

优秀儿童文学作品探讨的主旨，其实和成人文学没什么两样。

我们在八岁和八十岁时遇到的问题是一致的，关于友谊，关于生命，关于信念，甚至是关于自我救赎。但不管多少岁，面对这些问题的时候，我们的应对方式永远带着童年记忆的色彩。真正优秀的儿童文学，浅显却不简单。它不过是用儿童乐于接受的表达，讲述深邃而永恒的哲理。

与一些情节离奇、搞笑夸张、文字热闹的故事不同，《我和小木的夏天》《妈妈的苹果树》涉及的是沉重的话题——家庭暴力与死亡。两本书都有着忧伤甚至略微痛楚的基调。从这个角度讲，阅读它们需要一些心理准备，至少，它们并不属于消遣类书籍。

佩里·诺德曼与梅维丝·雷默合著的《儿童文学的乐趣》中说："不让孩子阅读他们可能正在经历的困惑或痛苦，既会让孩子与文学绝缘，也会让他们觉得在思考和体验中孤立无援。同样，不让孩子了解他们尚未体验的困惑或痛苦，他们就无法为此做准备，当事情不可避免地发生时，他们也就无法以清醒而慎重的态度来对待。"是的，这些故事未必能向孩子们解释清楚困惑和痛苦的根源，却能为孩子们的情感提供安放和宣泄的空间。

人生而孤独，生而脆弱。孤独脆弱的人，需要与更多人相处，才能逐渐在群体中获得坚强。从这个意义上说，孤独的儿童更需要成长的伙伴。这伙伴，可能是身边一个个鲜活真实的人，也可能是一本本书，或者是能够引发他们共鸣的虚拟"同伴"，伙伴往往会给予他们足够多的陪伴和慰藉。这就是斯蒂芬妮·霍芙勒作品的价值所在。

霍芙勒常常写作现实题材的儿童读物，她笔下的孩子往往处于弱势的状态，是必须"为自己的位置而战"的人。因为题材的选择和无与伦比的细腻文笔，《我和小木的夏天》为她赢得了德国少儿文学研究院颁发的德语少儿文学新人奖，该书同时获得 2016 年莱比锡阅读指南奖和 2016 年德国青少年文学奖提名；《妈妈的苹果树》则获得了 2019 年克莱尼斯坦青少年文学奖金以及 2019 年德国青少年文学奖提名。

一本书的价值，不仅在于它选择了怎样的题材，更重要的在于它如何表现。《我和小木的夏天》带着些许悬念，透过"我"的眼睛，将小木这个对文中的"我"来说从陌生到熟悉的朋友的遭遇慢慢地展示出来。霍芙勒是非常擅长讲故事的，她总能把一个个平淡的场景描绘得让人仿佛身处其中，细致到能看见这个忧伤男孩苍白的肤色，能听见他远去的脚步声。

小木，是这个独自在泳池边玩填字游戏的男孩给自己取的名字。他那冷漠暴力的父亲希望儿子如同一截木头，安静到毫无声息。或许小木也希望如此，做块木头，可以不再有悲伤和害怕——不管是对水还是对暴力的畏惧。可实际上他却是个再正常不过的男孩。

和小木完全相反的，是对万事好奇、生活得自由自在的"我"。小木因忧郁而孤僻，"我"则因好奇心而显得与众不同。两个落单的孩子，由"我"对失足落水的小木出手相救而相识。孤独让他们很快成为朋友。

小木的异常渗透在和"我"交往的点点滴滴中，读者也不得不和"我"一起，带着担心，琢磨着小木的心理，探究着他的遭遇。我们不得不感叹，不同的成长环境到底对人起着怎样的决定性作用啊。"我"和小木的身上，清晰地带着家庭环境的烙印。

"我"的爸爸妈妈阳光而宽容，他们理解孩子，接受孩子的一切。与"我"相反，小木成长在一个可怕的家庭。会把他摁进水里差点淹死的父亲，软弱的总是哭泣、带着小木一路逃亡以避开他父亲的母亲。在这样的家庭环境中成长的小木是一个忧伤的孩子。父亲带给他的阴影时刻伴随着他，就像他随身携带的胡椒喷雾。准确地说，他无时无刻不在准备着防御。

怎么能期待这个孩子活得自在呢？

左妮亚对他来说就像一道阳光，给他最需要的慰藉。

世界上最珍贵的石头是什么？这是写在左妮亚的问题清单上的一个问题。小木给出的回答是：世界上最珍贵的石头或许是鹅卵石。他曾送给左妮亚一块再普通不过的鹅卵石，这块石头有两个人共同成长的回忆。因为它见证了一段真挚的友情，所以，在小木心里它是世界上最珍贵的石头。

对左妮亚来说同样如此。是的，这是一个讲述真挚友谊的故事。

与《我和小木的夏天》层层拨开迷雾不同，霍芙勒在《妈妈的苹果树》中对死亡的描写直截了当。一个明媚的秋日早晨，十四岁的主人公本一觉醒来，看到的就是医护人员在抢救母亲。

但是抢救无效。随之而来的是一段刻骨铭心的痛苦。

在家人心中明亮如阳光的妈妈，活泼开朗、聪明率真，如同她喜欢的苹果一样散发着成熟而甜蜜的香气。猝不及防地，她成了一具冰冷的尸体。没有任何防备的打击令人难以接受。还未能从震惊悲恸中回过神来，一家人就不得不立即面对现实中琐碎的痛苦。警察的盘问。墓地。葬礼。满屋妈妈的痕迹。好奇与同情。回忆。

自然到仿佛是真实的，是这本书给我的最深的感受。死亡是这本书的核心。作者极其细腻地描写了妈妈离开后的一切。本的震惊、迷茫，刻意接受，甚至他飘忽的莫名其妙的思绪，成为焦点后内心无法解释的兴奋，各种情绪是如此自然，令读者不得不跟随他走过那段人生经历。

《妈妈的苹果树》的魅力来自真实。在死亡面前，人们通常表现出来的不仅仅是震惊和恸哭。

心脏起搏器的声音和弟弟吸鼻涕的声音混杂在一起；殡仪馆的两个人的名字让本产生了莫名的联想，他觉得这两人抬尸体时不应该累得气喘吁吁；姨妈依然拖着地板……这些，都是真实。

本用各种方式引起别人对自己失去母亲的关注，或许是为了让自己接受母亲离去的现实。莉娜的植物人哥哥让本庆幸自己的妈妈没有躺在病床上浑身插满管子。这也是真实。

是的，我们会跟着本，慢慢意识到，逝去是这个世界的一部分，任何人对此都无能为力。不管你觉得这有多么不公平，生活都必须继续下去。因此我们都要接受，接受逝者生前的美好，接受她离去的任性，接受甚至连道别都来不及。本冲着将头埋在手里的爸爸大喊"妈妈已经死了"的那一刻，故事开始由"死"转向"生"，生活也有了"以后"。

奇特的表述方式是《妈妈的苹果树》让人印象深刻之处。妈妈刚离去的"现在"、回忆以前生活片段的"过去"在每章节穿插进行，后半部加入"以后"的描写，时间线的交织将本一家的生命历程完美地融合展现出来。生命是一条流动的河，任何一段时光都不是孤立的。我们看到了"过去"沐浴在阳光中的妈妈，"现在"困惑和悲伤的家人，"以后"努力走出阴霾的本与爸爸，这些都缓缓地讲述了一个平凡家庭的故事。

斯蒂芬妮·霍芙勒用文字带领孩子进入暴力和死亡这片禁忌之地，让他们在阅读中体验黑暗，从而更深刻地体会到爱的价值和力量——小至对友谊的珍惜、对逝者的怀念，大到对世界的热爱、对生命的敬畏。

儿童文学的天空下，需要幻想中的美丽童话，它能让孩子有信心走入将来的世界，同时也需要直面黑暗的故事，它能让孩子理解和接受他们正在度过的真正的人生，给予儿童追寻光明的勇气。

先知纪伯伦说："通往黎明的路，唯有黑暗。"黑暗中的光，明亮而璀璨。优秀的文学，始终把人引向明亮的地方。那是黎明的方向，也是希望的方向。

愿儿童文学的希望之光，生生不息。

——张祖庆（特级教师，儿童阅读推广人）

目录

第一章
我，左妮亚

非洲大象是独行侠，至少雄象如此，每年为了"组建家庭"只与象群短暂相处，然后就会告别，独自走向荒原。长颈鹿是草原上的另一位独行侠。此外，雄性地图龟、侏儒河马、花栗鼠、刺猬、圆耳象鼩、蜥蜴和披毛犀也都喜好独行，甚至蓝鲸——现存世界上最大的哺乳动物也喜欢独来独往。那么我，又何必不是呢？

我常想，其实这都怪我父母，谁会给自己的孩子起名叫"左妮亚"（Zonja），用字母表的最后一个字母"Z"作为开头？叫"左妮亚"意味着只能另类行事，只能像

蓝鲸一般孤独生存。反之，用"S"开头的"索尼娅"（Sonja），则是"索菲娅"（Sophia）的简写，意思是"聪明的女孩"。我是在人名词典里查到这些的，或许这也是"索尼娅"受欢迎的原因。但我不知道叫"索尼娅"和"索菲娅"的人是否都了解她们应该是聪明的女性。有趣的是，"索尼娅"在俄语里也有"大懒虫"的意思。

"左妮亚"听上去像科幻小说里的名字，好像我是遥远星球的公主，这颗星球所在的星系要几百年后才会被发现。可能因此我对数字统计感兴趣，从小到大我要成百上千次解释"我叫左妮亚，不是'S'，而是'Z'开头"，几乎每次有人问起我的名字时都是如此。不知道我父母当时怎么想的，他们可都不是科幻迷。

当然，我得承认，原因也可能在我自己，我那像蓝鲸一般的性格。班级偶像肯定与我无关，因为我长着及肩的稀疏的黄发，眼睛也太小。而且，我害怕的东西也跟别人不一样，比如我怕身形巨大的狗、嘈杂喧闹的同学、大发雷霆的老师，以及我外公可怕的口臭。当然，还有我那无法压制的好奇心。对于十二岁以下的孩子而言，好奇心是一种不可救药的病症。很多很多年以前，不知道到底是什么时候，一定曾有人做出这样的决定：十二岁开始不应该再有好奇心，而是要觉得这个世界无聊透顶，当然，除了他自己和手机以外。

但我不一样，我对什么都感兴趣，我热爱数据统计和复杂的词语，我每天收集各种不懂的问题，然后一一找出答案。我裤兜里永远装着一张字条，上面写着各种我不懂的问题。比如，这个星期的问题清单是：

世界上最珍贵的石头是什么？

一个人一生究竟会长多少根头发？

狮子的寿命有多长，通常死于什么原因？

白俄罗斯十二月的平均气温是多少？

~~哪些动物喜欢独来独往？~~

如果一个问题解决了，我就把它画掉。

我喜欢列清单，因为可以借此理清脑子里和世界上存在的一些混乱。清单可以让人觉得对事情充满把握，至少在罗列清单的那一刻是如此。

我几乎不停地在寻找解决问题的答案，因此我成了图书馆的常客，也着迷于维基百科。此外，我还会去纠缠那些我认为知道答案的人们。比如我妈妈，我一直叫她"妈嫡"，这是克罗地亚语的"妈妈"。我这样叫她，一方面是因为妈妈的外公是克罗地亚人，另一方面也算是小小的报复，谁让他们给我起名"左妮亚"呢！"妈嫦"有数不尽的藏书，其中不但有她作为药剂师需要的书籍，还有几千册的小说、生物学辞典和画册，大部分书她都读过。我觉得"妈嫦"可以分辨九百种不同的花。至于爸爸，我还是直接叫他"爸爸"。他是个数学家，负责解答我关于数字、物理以及跟饮食有关的各种问题，因为爸爸还是一位天才的厨师。我的德语老师克诺尔女士则知道所有关于戏剧问题的答案。还有马丁诺维奇先生，我们学校的后勤兼门卫，是我的历史学问题解答专家，他几乎知道世界史上所有的年代，像一个超级历史数据库，至于他怎么来当了门卫，我总觉得有些不解。

　　我把找到的最佳答案都记在一个小本子上，比如：

　　　　在月球上，人的体重只有地球上的六分之一，

原因是月球体积小，引力也比地球小。

如果人也像天体一样拥有引力，那么这种引力应该与身高无关，可能与体味有关系，或者取决于是否穿匡威鞋、穿手织的颜色古怪的毛衣，或者与这些的关系也都只是偶然。

我没有体臭，也不穿难看的毛衣，但是班里大部分同学还是把我视为另类，主要是因为我那超常的好奇心。去年一次上学的路上，我捡到一只死的无脚蜥蜴。午休的时候，我在化学实验室准备把这只蜥蜴分解成小块。正当我忙着切开控制蜥蜴前行的肌肉时，实验室的门被推开了，随着一声表示恶心的"噫"的喊叫，我的研究被迫终止。对此，我其实觉得无所谓，后来整个下午都要收拾实验室那些可怕的软骨，我也觉得没什么大不了的。但从此以后其他人都躲着我走，并不是说那次行动让我的引力变得强大，而是从此以后大家都不爱搭理我了。

课间休息的时候我当然是一个人，像蓝鲸一样。不过学校里有足够多可看可数的人和事，所以我从未觉得无聊。大部分时间我都坐在教学楼大厅一个巨大的鱼缸边上，阳光透过窗户的玻璃照进鱼缸，经过水面的折射后，在地板上留下一些摇曳的不规则的光斑。最近我一直都在观察两条盖刺鱼互相追逐，几乎可以证明盖刺鱼也会像恋爱的人们一样互相亲吻。每次坐在那儿的时候，九年级的鲍尔总会跑过来问我要不要捐一欧元。他经常组织一些捐款活动，这次说是给乌干达的一所学校捐款。我常想，要是由我来募集捐款，恐怕乌干达的那所学校连房顶也盖不起，这跟个人引力有关。如果鲍尔是一个

天体，估计全宇宙的垃圾都会被他吸附过去。他身材高大，一双深蓝色的眼睛始终闪烁着光芒，右嘴角还长着一个可爱的酒窝。大家都喜欢他，他也经常有一些相当不错的主意，引起包括我在内的所有人的惊叹。鲍尔把这些主意称为"改变世界的灵感"，他甚至能说服校长把他的大部分灵感都变成现实。比如，鱼缸里养盖刺鱼就是鲍尔的主意，他坚信大的彩色盖刺鱼能给学生的心情带来积极的影响。

不过今天，我们谁也不需要盖刺鱼的影响，班里的同学都压制不住要跳跃起来的冲动了。好几个星期了，公园里树丛间的热气铆足了劲儿，拉着燕子们贴近地面低飞，草坪也被烤得炙热。夏天像张着血盆大口的巨兽，将燥热的空气吹进教室，大家都无精打采地趴在课桌上。终于熬到了放假前的最后一天。

克诺尔女士显然也是放假心情，甚至可能是所有人中最兴奋的。她的眼睛虽像往常一样熠熠生辉，不过今天显然是另外一种光芒，估计她明天一早就要出门旅行，去巴哈马群岛之类的地方。克诺尔女士把一个浅绿色的塑料箱放到桌上，如同放下了一箱冰镇汽水，里面装着这学期的期末成绩单。她发成绩单的时候眉开眼笑，好像发的都是诺贝尔奖似的。阳光透过卷帘窗照进教室，在墙上留下了狭窄的光痕。墙上光秃秃的，今年做的海报早已被撤下。

"祝大家假期愉快！"克诺尔女士脸上露出最后一个明亮的微笑，然后就扣好箱盖，拎着箱子轻盈地走出教室，仿佛是在月球上散步似的。

没等下课铃响，同学们就拥出了教室。我则不紧不慢地把那张进化年表卷起来，夹在胳膊底下，估计除了

我，没人想要这张进化表。教室里只剩下我和阿里，阿里正收起写满春天诗歌的牛皮纸海报。我很早就觉得他是个诗人，但是阿里一定不会承认，他不喜欢成为别人注目的焦点。

"再见！"我终于要离开时对阿里说。

"再见。"阿里喃喃回答。有一会儿我在想，不知道阿里的暑假怎么过。

假期对我来说有点儿麻烦，不是因为我们今年不去旅行，爸爸没有假期，妈妈也临时决定把休假的机会让给同事，独自掌管药店。问题在于假期本身，因为一放暑假，我的那些解答问题的专家们一半都不在了。而且假期里基本上也不会发生什么事情，或许我每天能做的只是去露天游泳池观察那里的人们，因为游泳池那儿总是有络绎不绝的人群。

第二章
在露天游泳池边

在德国，一升游泳池的水里包含0.5～2毫克的氯气。这些氯气其实是一些氯的合成物，只有化学家才能看出来。氯气的作用是对游泳池的水进行消毒，防止细菌和藻类的生长。这很重要，尤其是当你看到游泳池里都被扔进了什么时。在一个无比炎热的夏日，我在露天游泳池数了一共有二百零四个人游泳。每个人都出过一身臭汗，涂了防晒霜，或者在头发上抹了厚厚的啫喱水，整个池子里像是有一群被搅动的水母在游来游去。没来得及上厕所的不只是小孩，甚至也有大人。游泳池边的栗

子树上偶尔有叶子掉进水里。除了叶子以外，还能看见
薯条。各种东西最终都会沉到游泳池的水底。这次我一
共数出了下面这些东西：

　　一个咬过的苹果

　　一把衣物保存箱的钥匙

　　一条粉红色的头绳

　　一条红色的儿童泳裤

　　这还不算太可怕，要是戴上泳镜潜到水下，一定会
找到更奇怪的东西。真的，水底有时候躺着一些你绝对
想不到的奇葩东西。有一回我竟然捞上来一只死老鼠，
天知道管理员为什么事先没有清理掉，或许他觉得太恶
心了吧。那只老鼠长着歪斜的黄黄的牙齿，左耳被咬伤

过，可能因此才掉进水里的，至少人的耳朵有负责身体平衡的作用。

虽然露天游泳池在盛夏里一片嘈杂，但对我来说却是一个安静的去处。在这里，我可以静静地坐在树下，毫不引起别人注意地观察、记录人群。我最近就在看人们吃薯条的动作：有25%的人像骆驼一样，咀嚼时嘴部做圆形运动；而30%的人则像鱼吐泡泡一样往前移动嘴巴；剩下的人则很单调，咀嚼时没有明显的特点。我还发现，只有37%的人游泳前会去淋浴，虽然泳池边的牌子上清清楚楚地写着：下水前请务必淋浴！

当然，我也会观察人们游泳的动作：有的人蜷着身子斜着游，每隔两米就要绕过身边的人；有的人则像狗刨似的，虽然身体浮在水面上，却行进缓慢；还有些在学游泳的孩子，快要沉下去的时候，旁边的爸爸大声喊

着："腿，一定要蹬腿！"

今天又有一个小家伙喝了好几升水，爸爸过来拉他时，他已呛了好长时间。一位老太太戴着过时的紫色泳帽，泳帽边上还有一圈玫瑰，看起来像一顶女王的帽子。老太太今天被喷了好几次水，看上去像吃了酸柠檬似的，脸上的皱纹堆在一起，像一张被攒过的废纸。此外还有几个颤巍巍的老大爷，占领了泳池中央，然后以小碎步缓慢挪移。两个妈妈带着她们大约三岁的宝宝，宝宝们坐在泳池边上，像两只长着亮橙色翅膀的小麝鼠。

正当我百无聊赖时，忽然发现泳池边上还站着一个人，一个瘦瘦高高的男孩，像墓园前新栽的一株桦树，肤色也是桦树一样的白。男孩穿着草绿色的泳裤，金色偏红的头发蓬松地伸向脑袋两边。同样伸出来的还有两只我从没见过的招风大耳，因为我是从后面观察的，所以看得特别清楚。火辣辣的阳光把他的耳朵照成橙红色，看起来他的脑袋两边像顶着两个快要落山的小太阳。透明的耳朵和瘦高的身材让男孩看上去像个外星人似的，刚刚驾驶宇宙飞船降落在露天泳池里。男孩的左肩上有一片很大的蓝色胎记，大约就在斩龙英雄齐格弗里德①容易受伤的部位。他看上去跟我年龄相仿，但是我从来没见过这个男孩。我背靠泳池角落边的一棵栗子树坐着，口中嚼着一根干草，等着那个男孩跳进水里，想看他会不会头部俯冲入水。

可是突然，一切都发生得猝不及防，刚才的两个"小麝鼠"钻到水里，在他们追逐嬉闹的时候，其中一个滑倒在水底，然后一把抓住了"白桦树"的泳裤。男孩

———————

① 齐格弗里德，德国叙事诗《尼伯龙根之歌》里的斩龙英雄，他在沐浴龙血时，背后沾上了椴树的叶子，那里从此成了弱点。

一个趔趄，失去了平衡，很不优雅地跌倒在水里。

我忍不住笑起来，但是没多久就发现了不对劲。"白桦树"没有像树一样浮出水面，而是胡乱拍打着，像一只发疯的小狗般无法安静下来，这看上去不像是故意闹着玩的。我看了看四周，没有发现管理员，而泳池后边的几个人也完全没注意到这儿发生了什么。于是我顾不上换衣服，穿着T恤衫、裤子和凉鞋，一个箭步跳进泳池，冲到"白桦树"边上。我想起了更衣室牌子上写的救生动作"夹住腋下"——适用于救落水儿童，于是就抓住男孩的两腋，紧紧夹住。

"保持镇定！"我尽可能大声地喊道，可能也是为了让我自己保持镇定吧。"放松胳膊！"我接着大声说道，估计自己喝了至少半升水，一毫克氯气。"白桦树"还在胡乱扑腾着，好像我不是在救他，而是要把他按到水底似的。

我终于抓住了男孩的两只胳膊，而他也终于不再反抗，任由我把他拉到泳池边上。我们气喘吁吁地爬出水面，一屁股坐下来，身上的水滴个不停，很快积成了一个小水坑。我的衣服和头发仍在滴水，而"白桦树"看上去比先前还要惨白，他肩上的日晒斑也更加明显，如同月球表面的黑色陨石坑。

过了一会儿，我们终于都喘过气来。他从旁边看着我，伸出手来，一只瘦骨嶙峋的左手。他握手的力气很大。

"谢谢你，"男孩说，又过了一会儿，"我叫小木。"

小木？这名字听上去像个密码，或许是外星人的暗号？

"白桦树"看出了我的疑惑，解释道："是的，'小

木'是我的名字。"

他完全没有笑容，一点儿微笑也没有。他的眼睛下面有很重的阴影，眼珠周围布满血丝，瞳孔显得湛蓝而清澈，如同泳池里的水一般闪闪发亮，可能是池水折射出来的光亮吧。

我忘了问他的真实姓名，鼓起腮帮子，然后缓缓地舒了一口气："我叫左妮亚，'Z'开头那个。"

"白桦树"点了点头，脸上仍然毫无表情，即便是听到我说"'Z'开头"的时候。我也懒得想刚才为什么要救他。

这时，管理员出现在泳池对面。他的两只胳膊已经晒成巧克力色，交叉着放在浑圆的肚子上，不耐烦地朝我们这边看过来。他应该感谢我，不过我可能把他今天唯一的工作给做完了。

"你想吃冰激凌吗?"我们都休息得差不多时,小木突然问我。他给我们每人买了一支粉红色的覆盆子口味冰激凌,好像他一开始就知道我最喜欢的冰激凌是什么味道。然后他让我一起坐在他的浴巾上,浴巾恰好就在我的最佳观察位置旁边。

小木问我要不要一起玩填字游戏。游戏底盘已经摆好,他放了一些词语在上面,清空底盘之前,我看见"诗歌""花园门"和"可可果"几个词语,"可可果"(Kokosnus)只有一个"S"。天哪,小木来游泳池就是为了跟自己玩填字游戏?!我一直以为没有哪个十二岁的孩子会像我这样奇葩,当然,或许小木已经十三岁了。我确信,填字游戏我会赢过他,毕竟"血红蛋白"这种词他肯定不知道是什么意思。

第三章
跟小木一样

在德国，有25%的儿童是独生子女，另外大约50%有一个兄弟姐妹，剩下的25%有两个以上的兄弟姐妹。几乎100%的孩子都跟父母住在一起，无论他们喜不喜欢。如果诚实回答的话，大部分孩子其实都喜欢跟父母待在一起，而大多数父母也乐意跟自己的孩子一起居住：根据年龄的不同，经历与孩子共同的生活，比如给他们划伤的膝盖贴上创可贴，陪他们一起吃冰激凌，或者当叛逆期子女砰地关上房门的时候，无可奈何地站在门口，另外还要解答孩子关于地球引力的问题，等等。

我属于那25%的独生子女群体。当然，我知道大部分人都整天抱怨有兄弟姐妹的不好，比如大的总是嘲笑或惹怒小的，直到小的哭着反抗，而小的又总是喜欢把大的最心爱的东西弄坏，所有人都这么说。但我还是希望有个弟弟，一个胆小害羞的家伙。这样，我每天都得看着他别把头撞到桌角上，别被邻居家的调皮男孩欺负。晚上睡觉前，这个弟弟会抱着我，听我讲白天都有什么新的发现。他也会问我问题，然后不等我说完就进入梦乡。然而，事实是我没有任何兄弟姐妹，跟小木一样。

我们已经在游泳池边玩了三天的填字游戏。当然，每次都是我遥遥领先，因为我连"屋尘螨""榴霰弹"和"欧洲山杨"这种生僻词语都研究过。

"你爸爸妈妈怎么样?"我问小木。

他耸耸肩，眼神极其空洞地望向别处。

"你跟你父母相处得好吗?"小木反问我道。

"挺好的。"我这么说其实是故意打了折扣,我跟父母不但相处得极好,爸爸甚至认为跟我待在一起是上天的恩赐。我隐隐觉得小木跟他父母之间有些问题,所以才故意没讲实情。

"你爸爸妈妈是什么样的人?"小木看着我,好奇地问。

"爸爸身材高大,说话声音很轻,能解答所有关于数学的问题。妈妈很幽默,每天至少读两本书……"我忽然觉得这样说很乏味,可是应该怎样描述我的父母呢?小木好奇地想听我继续讲下去。忽然,我有了个主意。

"今晚你跟我回家吃饭吧。"我建议道。

"就这么直接去?"

"当然啦。"

"好吧，"小木说，"就这么定了。"

我已经很久没带同学回家吃晚饭了。上一次去的是米娅，已经是几个月前的事情了，而且那次要多糟糕有多糟糕：我们准备了比萨，而米娅不吃比萨；米娅对橙汁过敏，但家里偏偏只有橙汁。这次带小木回家，他那对超大的招风耳和迷你的红色 T 恤衫，一定会让我的父母惊讶得合不拢嘴的。不过爸爸妈妈一定不会表现出他们的惊讶，有客人来时，他们总是展现最好的一面。

"您好，我叫小木！"小木自我介绍说，好像他没有别的名字似的，不过或许他真的没有第二个名字。而我的爸爸妈妈眼睛眨都没眨，一副若无其事的样子。

"你好，我是左妮亚的妈妈。"妈妈自我介绍说，好像大家都不知道她是谁似的。妈妈一边说一边像公主般稍微弯下膝盖，每次她觉得难为情时都会做这个动作。

"我给你们做巧克力松饼吧。"爸爸直截了当地说。

"好。"小木脱口而出。他用一种异样的眼神看着爸爸，好像不相信爸爸会做松饼，而且现在真的就要动手做似的。小木的眼睛里透出一种神情，仿佛我的爸爸妈妈马上就要消失一样。

等大家一起坐到餐桌旁时，妈妈问："小木，你是从哪儿来的?"

"刚从柏林搬来。"小木满口嚼着松饼、咕哝着说道。这我已经听说了。看得出他现在没有一点儿回答问题的兴趣，可妈妈却接着问道：

"为什么?"

这问题问得毫无水平。妈妈的脸因为天热或者是松饼的热气变得亮红起来。

"我父母离婚了。"小木也毫无新意地回答。

这我倒还不知道。小木用了"父亲""母亲"这样的字眼，听上去好像他跟自己的爸爸妈妈很有距离，甚至无法忍受他们似的。而且我想不通的是，就算过不下去了，为什么他妈妈一定要从柏林搬到慕尼黑附近来。这会儿，妈妈的脸变得更红了。而后小木又接着说了下去："我妈觉得最好搬到跟我爸不同的城市，我奶奶也跟我们一起搬过来了。"小木说着，又用他特有的目光看着妈妈的眼睛，没有笑容，比他实际年龄显得成熟许多："我们住在法杂嫩阿克那片。"

法杂嫩阿克是我们这个小城谁都不愿去的角落，一片像鸡笼一样的住宅区。"外面的水泥都剥落了，里面又没有阳光。"我和奶奶每周三下午越野行走经过法杂嫩阿克时她总会这样评论。奶奶虽然有手杖，但还是会出一身汗，每次气喘吁吁地抱怨时，我都听得出来她的意思：

外墙斑驳、没有光的地方不是家，而没有家就不会觉得幸福。

但这会儿小木觉得生活还是蛮惬意的，至少我爸爸做的松饼相当可口。吃完第四张，爸爸问他"还要吗"，小木竟大言不惭地说"还要"，而我吃完第三张就已经觉得胃胀得要爆了。

夕阳透过窗子照到桌子中央，我忽然为眼前的一切而感到喜悦。为夕阳，为我们的花园，也为那张年岁已久的像蹦床一样的红沙发。每次生病时我都躺在上面，妈妈会给我端一杯薄荷茶。我也为爸爸妈妈一起坐在那儿而觉得喜悦，他们吃完松饼后轻轻地吻了对方。而小木正在往他的第五张薄饼上涂草莓酱，我真担心他会撑破肚子。

另外一个让我觉得小木跟他父母相处得不好的原因

是，他吃完竟然一动不动地坐在那儿。爸爸进厨房收拾去了，妈妈也像往常一样消失在她的蓝色书房里，而小木还完全没有要走的打算。

我想再玩一局填字游戏，因为刚想起我最喜欢的一个词"珊瑚虫"。另外我也想问一下小木能不能回答我清单上的问题，比如那个关于宝石的问题。不管怎样，我觉得他在是一件好事。可是，难道小木不需要给家里打个电话吗，比如问一问他能不能晚点儿回家？当然，他不可能给他爸爸打电话，因为他爸爸没准儿以为小木正跟他妈妈一起坐在客厅里呢。但是小木的妈妈和奶奶一定会担心的，我想着要不要提醒他一下，然后又觉得还是算了。

"我们再玩一局填字游戏吧？"我建议道。

"不，我们去花园！"小木坚定地说，"我指给你看我

最喜欢的星座。"

　　他抓住我的胳膊，用拇指和食指握着我的手腕。被一个不熟悉的人这样握着，我还真有些不习惯。当然，我从水里拉起小木的时候抓得更紧，但那是特殊情况。小木的手很温暖，有那么一刻我忽然想起化学实验室里的无脚蜥蜴，它躺在我手上的时候，干燥、光滑并且有阳光的温暖。虽然蜥蜴已经死了，但它的皮肤摸上去却像活着的动物，这多少让人有些不舒服。不过小木的手一点儿也没让我觉得不舒服，我就这么一直被握着，直到小木自已松开。

第四章
害怕的东西

德语里把"宇宙"称为"世界的总和",即所有已知的星系、星球和各类天体的总和。宇宙的寿命很可能已有137.5亿年,正好是我年龄的十亿倍;据说"世界的总和"还在继续扩大中,就像我一样在长高、变大。

"所有人都对宇宙感兴趣,可能是因为它遥远莫测,而我们又身处其中。"我对小木说。

"我觉得是对宇宙充满恐惧。"小木回了一句。

"为什么会有恐惧?"

"因为太阳系的星球一直在爆炸,有黑洞产生,而地

球也不知道什么时候会脱离轨道，对这一切，人类无法做出改变，也无法预测什么时候会发生。"

"大部分人都想自己决定什么时候发生什么事情。"我补充说。

小木点了点头，我其实只是感觉到而已，因为我们都面朝天空躺在草地上，我看不见他的脸，天也几乎全黑下来了。草坪又冷又硬，已慢慢被露水浸湿，我们应该拿一条毯子出来的。估计我们已经躺在这儿一个多小时了。我看见妈妈从阳台上往下张望，但没说什么。毕竟现在是暑假期间，而且我从来没有在花园里躺到过晚上九点以后，还是跟一个朋友一起，如果小木算我的朋友的话。妈妈像一个森林精灵一样透过榉树的叶子看了看我们，一条眉毛高挑着、微笑着，然后又静静地回去了。

　　小木没注意到这些，他指给我看大熊座、仙后座和狮子座。我没有告诉他我已经认识这些星座，我想他一定对自己熟知这些而感到骄傲。我问小木是谁教给他看星座的，小木没有回答。确实，自从我那天把他从游泳池里救上来以后，我对小木还真的没有多少了解。我决定告诉他一些我的糗事，这样说不定他也会泄露一些他的秘密。

　　"我害怕五米跳板。"我觉得五米跳板跟小木落水有相似之处，于是就脱口而出。这总比说我怕狗或者受不了外公的口臭好。可是小木什么反应也没有。好吧。

　　"我还喜欢列清单，"我又接着尝试，"每天把不懂的问题记录下来，最近的问题是世界上最有价值的石头是什么，还没找到答案。"

　　"然后呢，"小木问，"今天的问题是什么?"

"嗯，或许是离地球最近的星云是哪个？"

"仙女座星系。"

我暗暗佩服。虽然还是没发现小木的秘密，但至少知道他有什么爱好了，除了那个填字游戏以外。

"很美吧？"小木问，他用手指着天空，越来越黑的夜幕里慢慢显现出更多的星星。

"嗯。"

"如果乘宇宙飞船离开地球，那些星星依然显得遥远，好像已经飞出的距离一点儿也没有影响似的。"

"那你会吗？"我问。

"会什么？"

"飞到太空。"

"嗯。"

"为什么？"

"我想从太空俯瞰地球，就像从外面观察自己一样。可能忽然会问，到底什么在绕着什么旋转，虽然本来已经知道答案。就好像坐在火车里，旁边还有一列火车，在启动的一刹那，你不知道究竟是哪列火车在开动。从远处观察地球一定会感觉很好。"小木还从来没有一下子说过这么多的话。

我想起以前跟爸爸一起做的天体模型，那时候我想知道太阳、地球和其他星球是如何运转的。我们用混凝纸做了小球，涂上颜色，再用铁丝和竹签固定。我们让其他星球都绕着太阳旋转，只是不知道什么时候火星掉下来了，然后我就把这个模型搬到顶楼，后来就搁置了。爸爸告诉我，人类直到几个世纪以前都认为地球是宇宙的中心，并把自己看成一种高级物种。所以每个人都认为自己是宇宙的中心，其他人都围着自己转，并一直做

着让自己愉快或不愉快的事情。问题是每个人都这么想的话，那么究竟谁才是宇宙的中心，每个人都是吗，还是每个人都不是?

我的太阳系很小，我是说里面只有少量的星球，但都是很棒的星球。比如我和蔼善良的外婆外公，虽然外婆耳背，外公有口臭。奶奶也是一个无比慈祥的星球。当然，最重要的还是我的两个主要天体：妈妈和爸爸。妈妈留着蓬松的鬈发，大声而跑调地唱西班牙语歌。她还几乎每天都给报纸写读者评论，因为总有一些事情令她感到气愤。而爸爸则是有史以来最好的听众。我很想知道小木的星球如何，也希望自己能成为其中的一个。

我问小木："如果在飞向太空的过程中，一切都跟在地球上看起来一样，那我们现在也可以想象自己正在飞向太空，不是吗?"

"是的。"

好吧，我们正一边飞向太空，一边互相问问题。

"你害怕宇宙吗?"我问。

"不，当然不怕。我是观星者。你呢?"

"我不信，不全部相信。你怕狗吗?"

"不怕。"小木回答。

"那种特别大的狗也不怕?"

"也不怕。你怕坐飞机吗?"小木回了一句。

"不怕。不过，起飞的一刹那好像有点儿害怕。你有恐高症吗?"

"没，一点儿也没有。你害怕小鸟吗?"

"什么? 当然不害怕。你害怕仓鼠吗?"

小木忍不住笑起来了。我也跟着笑起来。他的几缕头发吹到我脸上，我们的头挨得很近。小木的头发闻起

来有桂皮、泥土的味道，一种陌生的味道。大约有半分

钟我们谁也没有说话。我听见了他的呼吸声，比我的稍

微急促一些。

"你害怕世界末日吗?"我问。

"不。"

"我不信。你到底害怕什么?"

"我害怕我的父亲。"小木幽幽地回答。

第五章
第一堂游泳课

　　德国大约有4%的成年人是文盲，也就是说，既不会读书也不会写字，甚至连自己的名字也写不了。我常常纳闷，不会阅读和写字该怎么生活？比如：看不懂街牌问路人吗？看不懂香肠的价格怎么办？签名时怎么应付，谎称手部骨折吗？还有，怎么在孩子面前掩饰自己不会读写？当然，几乎每个人都不希望别人知道自己的缺陷，很多人像掩饰伤疤一样隐藏自己不会读写的缺点。

　　据说，有很多人没有掌握那些简单得连孩子都会的本领，比如骑自行车、单腿站立或者游泳。在非洲很多

沿海国家，有相当多的人不会游泳。大海近在咫尺却不敢下水，这是不是一件不可思议的事情？看来，在不会游泳这个问题上，小木绝非孤例。

再说说我吧，我没法长时间憋气。去露天泳池的时候，我每二十秒就得浮出水面透气，尤其是当发现泳池底部的宝贝时，不会憋气更令人无比扫兴。爸爸说这只是需要练习的事情，可能我练得太少了。我也不会讲笑话、滑雪或者跳舞。妈妈不会煮鸡蛋，她煮的蛋总是太软或太硬。爸爸不会撒谎。奶奶说她不会做松饼，也可能她只是想让我自己做吧。

小木说，他的父亲不会倾听。他从来不记得父亲什么时候认真听他说话过。不管小木经历了什么好事，想要讲什么，他父亲总是有更重要的事情要做，比如他在银行的工作、下一个网球赛程或者新签的医疗保险。

"他对什么都感兴趣，就是对我例外。"小木说，"我十岁时，父亲送了我一辆七岁孩子骑的自行车。"

我看了看小木，他趴在我旁边的一条浴巾上，穿了一条绿色的泳裤。他的大腿后面有一处晒伤，所以涂了厚厚的防晒霜。小木的身高远远超过了他的年龄，他的腿又细又长，仿佛是安在上面的似的。我想，小木十岁时看起来一定不可能像是七岁的孩子。

"父亲有一次漫不经心地问我在学校里最喜欢什么课，我当时上三年级，就顺口答道：'烹饪，每次我们都先数一数烤了多少只蝗虫，然后再吃。'父亲听了连头都没抬起来，母亲只是吃惊地看了我一眼，但也什么都没说。"

我又一次注意到小木不像大多数孩子一样说"爸爸""妈妈"，而是用了"父亲""母亲"这样的字眼，好像他

们是陌生人，小木只是碰巧同他们住在一个房子里。从他的声音里，我也听出了一些不满，对于父亲不肯听他说话的不满，当然还有一丝悲伤。

小木接着说："如果晚上父亲正端着一杯红酒，坐在客厅里看电视或者看报纸，而我正好走进客厅，他一定会马上警告：'我正忙着呢，别烦我，你最好像木头一样待着，别发出一点儿声音！'"

我忽然明白了，"小木"，"木头一样"，"别出声"。"小木"原来是他给自己起的绰号，否则没有人会给他起这样的绰号。也没有人给我起绰号，除了班里那个惹人讨厌的塞巴斯蒂安，自从蜥蜴事件后，他一直叫我"冷血小姐"。我一直在想应该叫自己什么，"塞德""佐罗"还是"佐尼"？但最后还是保留了"左妮亚"这个名字。可是小木呢，他为什么给自己起这个名字？是为了反抗、搞笑还是故意气他的父亲?

　　我还是不知道小木的真实姓名，他对父亲的讲述让我觉得他的父亲不够友善，但是因此就对父亲充满恐惧，这一点我依然不太明白。

　　又是一个大热天，适合户外游泳的天气。因为长时间坐在太阳底下，我的肩膀烫得像电炉铁片，小木的脑袋也晒得通红，耳朵更是红得越发像外星人，一定会成为下一处晒伤。我们已经在浴巾上躺了好几个小时，玩了一局又一局填字游戏，其间互相问了很多问题。其实我们今天来泳池是为了别的事情，我打算教小木学游泳，他应该克服对水的恐惧。

　　"电报机。"这是小木刚放的一个词。

　　"电报机是用来干吗的?"

　　"一个发电报的机器，在没有网络前用的。"小木狡

點地笑着。

"发电报我知道，但是不知道电报机，而且应该是'ph'结尾吧。"

"哎，你怎么输不起呀？"

好像我会输给小木似的，他的确知道很多词语，但我更胜一筹。"好吧，"我说，"'电报机'算你赢了。我们现在休息一下，毕竟你不能总逃避游泳课！"

我把小木从浴巾上拉起来，向泳池边推去。我感觉到了小木的紧张，他的手又冷又湿，虽然阳光炙热。但或许也可能是我的手潮湿的缘故，毕竟我还从来没教过别人学游泳，我根本不知道怎么教。而且小木又不是个孩子，他已经十三岁了，长着一米七的个头。

我们一起朝浅水区走去。除了我和小木以外，浅水区只有几个妈妈带着小小孩在学游泳，孩子们的胳膊上戴着亮橙色的护翼。我忍住没开小木的玩笑，但脑子里出现了一幅搞笑的画面：一米七的小木，瘦高得像一株桦树，大腿上还有晒伤的疤痕，一对招风耳晒得通红，然后戴着亮橙色的护翼在学游泳！

"你笑什么?"小木甩开我的手，问道。

"我没笑!"我抓住小木的手，可他还是把手抽了回去。

"如果你一直只敢去到水没脚踝的浅水区，那你十八岁也学不会游泳。"我又拉起小木的手。有一瞬间，我看见小木的脸上掠过一丝阴影，我想我的话有点儿夸张了。毕竟学游泳是我的主意，不是小木自愿的，而且到现在他也没完全同意。不过，他又把手伸过来，然后我们一起跳进了水里。我忽然想，要是班里的同学看见这一幕，

他们会怎么说？还好放暑假以来，我还没在游泳池碰到过一个同学，希望他们的父母都订了超长时间的旅行。我和小木一起蹚着水往前走，直到水没过我的腰部，小木的臀部。从水没过膝盖以后，我看见小木一直紧咬着双唇，他在努力克服着自己的恐惧。

"躺到水面上，屏住呼吸。"我对小木说。他看着我，好像我在命令他从二百米高空的飞机上跳下去。

"快点！"我催促道，"有我在呢。"其实我并不像自己说的那样把握十足。但是小木真的吸了一口气躺到水面上。成功了！小木神情无比专注，耳朵变得通红，躺在光滑的水面上晃动了两秒钟，像一艘独木舟。

可惜我一点儿也不记得妈妈是怎么教我游泳的了。我只记得当我松开妈妈的手，在水里往前游动，不下沉、不呛水时那种自豪的感觉，还有妈妈在我身边一边游一边激动地欢呼"你会游泳了",她自己却差点儿沉下去的情景。

现在是小木在跟我学游泳,就算是吧。第二次尝试时,他刚躺到水面上一会儿,就开始手忙脚乱地大口喘气,然后又上下扑腾着喝了好多水,紧紧拽着我,好像抓着救生圈一样,最后幸好还能站起来。

我们又试了一次,然后就往前游,小心翼翼地。我将双臂向前伸长,优雅地往前移动,而小木则像掉进蜘蛛网的苍蝇般胡乱扑腾,然后又死死地抓住我,直到他的双脚站到泳池底部。或许第一堂课学到这里已经够了。

"我们休息一会儿吧。"我建议说。

但是小木这次想要自己再试一下。他鼓起勇气在水里往前移动,双手张开,双腿向后用力拍打水面。小木的头痉挛似的努力撑在水面上,像那些游泳时不想弄坏

发型的老奶奶一样，然后他试着将胳膊向两边划开。忽然，他的一只手臂撞到了我的臀部，小木开始剧烈地舞动手脚，水瞬间就漫过了他的头部。我试着将他拉出水面，但小木已经自己站立起来。他呛水后大声地咳着，耳朵又变得通红，头发在不停地滴着水。小木大口喘气的样子像极了一条被搁浅的鱼，虽然我这么想很不地道，但他看起来跟鱼没什么两样，眼睛瞪得老大，满是惊恐的样子。

突然，小木忍不住笑了起来。水从他的耳朵、鼻子里流出来，滑过脸庞，而嘴里迸发出的笑声也影响到了他的身体。小木笑得直不起腰来，他扶着我的肩膀，直到我也跟着笑起来。我们像两条落水狗一样呼哧呼哧地喘着粗气，踉跄着走出泳池，浑身上下不停地滴着水。管理员挺着浑圆的肚子，眯缝着眼不耐烦地朝我们看过来，我跟小木则伸开双臂双腿，并排仰卧在草地上，面朝着碧蓝的天空，闭上眼睛聊起天来。

"你会做饭吗?" 小木问。

"哦，不，又要比赛问问题!"

"我以为你正在收集问题!" 小木反击道。

"但不是这些问题。"

"但是我收集这些问题! 说吧，你会做什么吃的?"

"意大利面、比萨饼、松饼。" 我进出几个单调的词。

"我会做炒鸡蛋、土豆泥和煎肉排。" 小木说。

"真的? 那种真正的煎肉排? 什么时候做给我尝尝?"

"好，看时间吧。"

在打盹迷糊之前，我脑子里还在想，十三岁没学过游泳到底是怎样的一种感觉。

第六章
胡椒喷雾

　　人处在恋爱状态时，身体里会有很多不同的荷尔蒙相互作用。荷尔蒙是人体细胞分泌的化学物质，也叫化学信使，可以让身体对不同的环境做出反应。人恋爱时，身体会同时分泌肾上腺素和多巴胺，肾上腺素跟焦虑有关，而多巴胺则跟幸福的感觉相关。也就是说，当人恋爱时，焦虑与幸福总是同时存在。

　　我的父母是在火车上认识的。妈妈当时拿着一个小箱子，啃着一个大苹果，无比兴奋，因为要一个人出门旅行。爸爸则背着一个背包，里面放了一袋薯片，无比沮丧，因为刚考试挂了一门，而且检票员还很不友好地告诉他上错了车。爸爸正要下车时，不小心撞到了刚从散发着臭味的狭小的厕所里出来的妈妈，他们撞了个正着。妈妈愤恨地抱怨了几句，爸爸则一眼坠入了爱河，还要了妈妈的地址。两天后，爸爸付了因为乘错车要交的四十欧元罚款，还给妈妈写了一封长长的信。三星期以后，他们相约在德国中部的一个小城散步。再后来，四年半以后，我就出生了。

我打盹醒过来以后，决定结束今天的游泳课，然后给小木讲了上面的故事。不知道为什么，虽然我压根儿没喜欢上小木。而小木听了之后也没说任何话，或许他根本不喜欢听爱情故事或者跟家庭有关的故事。我其实到现在也没弄清楚小木究竟喜欢什么，除了填字游戏和天文知识以外。

已经过了下午五点，天气依旧炎热难耐。我们躺在草地上，还没有从热浪和刚才的大笑中缓过来。小木屈膝抬起双腿，怕碰到晒伤处。我则懒散而惬意地躺在那儿，沐浴着阳光，听着泳池边上跟自己无关的喧闹声，那些声音像是来自另外一个星球。让我感到惬意的，可能还有一种不寻常的感觉，即身边躺着一个多少跟我有点儿关系的人。

"小木?"

"嗯?"

"你喜欢上学吗?"我问。

"还可以吧。"

"我喜欢上学。"

"我也这么认为。"

"为什么?"我坐起来问。

小木仍旧一动不动地躺在那儿，用一件T恤衫盖着肚子，因为怕再次被晒伤。我看见T恤衫上大约在肚脐处有一只小虫子在爬。虫子是黑色的，不到一毫米长，圆圆的身体上长着一个长长尖尖的鼻子。小虫看上去像是老式战车与大象杂交混合的物种，只是缩小了无数倍。

　　"很简单，"小木说着，眼睛都没睁开，"你收集的问题，很多都可以在学校找到答案。"

　　小木的鼻子上有一条皱纹，斜着延伸到白色的额头。他的鼻梁上至少有三十粒太阳晒出的雀斑，其中一定有几粒是昨天或今天刚长出来的。金色偏红的头发虽然已经晒干，但还是像头盔一样贴在脑袋上。他的耳朵还是像往常一样红通通的。左边锁骨的右侧长着一片蓝黄色的胎记，比背上的胎记小多了，不过背上的已经泛白了许多。

"的确。"我应和道。

"在柏林时，我也喜欢上学，"小木眨了眨眼睛说道，"不是因为喜欢上课什么的，而是学校里有很多朋友，比如赛彬、小麻雀和尤莉。"

听上去好像柏林离这里有几千公里远、半个世纪之遥，好像小木真的有一帮给他起绰号的好朋友似的。

"没准儿你可以进我们班。"我说着，又赶紧加了一句，"不过除了我以外，这儿当然也有很多不错的同学。"其实我有点儿担心小木可能会像我一样也交不到好朋友，毕竟他长得像外星人似的，又有一些古怪的爱好，比如玩填字游戏，喜欢天文学。他的个人引力估计跟我的也差不多。不过平心而论，我其实更希望自己单独拥有小木。

"你喜欢上什么课?"小木打断了我的思绪。

"数学。"我老实回答，并做好了被小木笑话的准备，但他没有，只是微微笑了一下。或许我们还真是情投意合的好朋友，一对儿喜欢数学的外星人，好吧。

"你喜欢什么课？肯定不是游泳，对吧？"我笑着看向小木的脸。

他脸上的笑容突然消失了，然后用一种异样的目光看着我，那目光好像来自他身体里遥远的回忆，一下子把他勒住了似的。

"喂，小木，你怎么十三岁了还不会游泳？柏林的孩子十四岁才开始学游泳吗？"

小木一下子从地上跳了起来，抓起我的左胳膊，我的胳膊因为被扭曲着，从胳膊肘突然发出一阵钻心的痛，直升到头顶，像被灼烧着一样。小木高高地站在我对面，他那对招风耳又开始像火炭一样变得通红。看着他脸上

扭曲的表情，张大的嘴巴，我差点儿忍不住笑出来。只听小木嘴里噼里啪啦地迸出一串话，连坐在最后面角落里的管理员肯定都听到了：

"左妮亚，你听着！你那套拯救世界的理论让人很烦！还有什么厕所的一见钟情、数学课、巧克力松饼，够了！你说你是最好的游泳教练，算了吧，你根本不会教游泳！别装得像我们已经认识了好几年似的，我们才认识了短短的一星期，糟糕透顶的一星期！你以为靠松饼什么的就能控制我？见鬼去吧！"

小木的眼睛像能喷火似的，愤怒朝着我扑面而来，我从来没想到他会有这样暴怒或受伤的状态。有那么一会儿，小木张着嘴巴，像是还没有发泄完，还有许多愤怒的话要说似的，然而他却忽然又转身跑开了，像是被有毒的东西扎过一样。

我一个人坐在那里，先感觉到胳膊上的痛，然后觉得满脸灼热，接着就有泪珠滚落下来。这到底是怎么了？有那么一会儿，我希望小木能回来，但是他没有回来。这个疯子一定是穿着泳裤跑回家了。我收拾了他的东西，黄色的浴巾，搞笑的圆形泳镜，他还从来没戴过，还有填字游戏，我把这些一股脑儿塞进了他沾满尘土的背包里。

小木好像有什么不对劲，非常不对劲的样子。但是，尽管如此，他也不应该吼我。我变得愤怒起来，小木的背包忽然从我肩上滑落下去，里面的东西撒落到我的浴巾上。我在那堆东西里看见了一个黑色的小罐，上面用亮红色写着"胡椒喷雾"，背面注明"仅在紧急情况下供防卫用，可导致眼睛或黏膜受伤"。

第七章
法杂嫩阿克

世界上最高的建筑是迪拜的哈利法塔，高八百二十八米，像一枚巨针一样耸入云霄，哈利法塔是纽约前世贸中心大楼的两倍高。世贸中心也叫双子塔，曾遭两架飞机撞入，留下了巨大的洞。世界上最小的建筑是由几个慕尼黑设计师设计的"居住魔方"，房子的每一边只有二米五长。

其实，各种房子的形状并没有太大的区别，但是其外观却风格迥异，比如秘鲁的草屋与纽约的帝国大厦完全不同。还有可以转动的房子，做成大象形状的房子，或者高高耸立却只固定在树上的房子。澳大利亚的一座教堂据说是用纸做成的。远古时代，房子的功能主要是遮风挡雨或者防止野兽入侵，但是今天人们跟房子的联系显然更加紧密，一座房子就是一个家。有的房子变得像有自己的身体和灵魂似的，成了一个鲜活的生命。我们的房子就是如此，已经矗立在那儿一百多年了，不大，紧靠着一棵榉树，窗板叶仿佛人的眼睑，夜晚睡觉时就会关上。

　　法杂嫩阿克的六幢高层至少是我家房子的五倍高。这些房子跟人们听到"高层"时脑海里出现的画面一模一样：每幢楼有七层，混凝土灰色，楼顶是平的，还有无数扇小窗，像巨人昏昏欲睡的眼睛，将附近的耕地尽收眼底。这些高楼永远不会睡着，因为没有窗板叶。数不清的窗子之间还有许多正方形的阳台，狭小得只能放

下一把椅子。

从露天游泳池到法杂嫩阿克不远，走路只要十分钟。但是这段路我走得很慢，比小木跑得慢多了。他刚才一怒之下掉头就跑，像是被毒蜘蛛蜇了似的。我斜背着小木的大书包，包很重，但是让我觉得更加沉重的是，待会儿该跟他说些什么。我有一肚子的疑问，而且怒火中烧。还好我现在知道小木姓什么，但是他到底住在哪一幢楼里呢？看来我只能一个一个地看门牌了，也就是说我至少要看六乘以三十个门牌，一百八十户人家，才能找到小木的住处。我感觉六幢楼都在盯着我，说不定小木此刻就站在某一扇窗户后面，看我背着他的大书包蹒跚地朝第一幢楼走去，然后去研究那些贴过、擦过无数遍的纸质门牌。第一幢楼的门牌是七乘以六，四十二家，比我想象的还要多一些。

　　幸好我不用真的走遍所有六幢的二百多家，在第三幢楼那儿我找到了小木家的铭牌"桑德（Sander）"，上面写着"M. T. 和F. Sander"。名字潦草地写在白色的小纸条上，很不容易看清楚。我在想，M. T. 和F. 中到底哪个才是小木真实名字的缩写呢？按门铃前，我左右腿交替着站了会儿，长长地吸了三口气，犹豫着是不是该马上离开，是不是一定要找小木。转念一想，还是要去，毕竟小木是这么多年唯一可能成为我朋友的人，或许已经是我的朋友了。

　　"谁呀？"对讲门铃里传出一个低沉沙哑的女性声音，应该是小木的妈妈。"我是左妮亚，我来送小木的东西。"在说"小木"两个字之前我稍微停顿了一下，不知道他妈妈是否也这样叫他，但除此以外，我又真不知道该怎么称呼他。

"七楼。"那个声音简短地回答。

我听到"嗡"的可以开门的声音，就推门进了楼里，然后坐电梯去顶层找小木，去送他的胡椒喷雾。电梯已经很老了，上升过程中一直发出让人恐惧的吱吱呀呀的声音，像老人的叹息声。电梯也升得很慢，我有足够时间观察那幅喷漆的大猩猩图画，画得跟真的似的；我还可以观察电梯门上镜子里的自己：这几天一直泡在泳池里，我的脸晒成了棕红色，胳膊和腿也是。幸亏我遗传了妈妈的皮肤，不容易被晒伤，但一整个星期的户外活动显然已经把我变成印第安人了。爸爸遗传给我的是稀疏的金黄色的头发，现在吹干后从脑袋两边像韭菜一样耷拉下来。我的T恤衫还穿反了，不过无所谓，反正小木也不会对我的T恤感兴趣，他更在意的可能是我要对他说些什么，其实我自己也不知道要对他说什么。忽然，电梯发出刺耳的"叮"的一声，七楼到了，我吓得不由得跳了一小步。

在昏暗的走廊尽头，有一扇门虚掩着，我犹豫着朝那扇门走去。门框边上站着一个穿着浴衣的女人。虽然浴衣很宽松，仍能看出来她很瘦，简直像小木一样地干瘪。除此以外，她跟小木长得一点儿也不像。女人的头发是深色的，脸上也没有任何的雀斑。然而当我看到那双眼睛时，瞬间看见了小木的眼睛，它们仿佛是一个模子里刻出来的：一样的清澈如水，一样的蓝色，只是她的眼睛显得更加疲劳和忧郁。尤其是当女人微笑的时候，看上去反而更加忧伤，仿佛一滴墨汁在浸湿的纸上扩散开来。或许我按门铃把她从睡梦中吵醒了，她朝我轻轻地挥了挥手，示意我走进那间关着门的房间里。

"必安在他房间里，进去吧。"

必安。这个名字一点儿也不适合小木。叫"必安"的人应该长得高大强壮，有着迷人的微笑，穿着最时尚的牛仔裤，而不是小木这种瘦瘦高高、长着招风耳、在游泳池边玩填字游戏的外星人形象。小木这会儿也穿着T恤衫、牛仔裤，但赤着双脚。他坐在一把显然太小的转椅上，低着头无精打采地转着。小木瘦长的双脚在地上轻轻地踮着，仿佛一只受惊的蜘蛛在自己的网里，一边紧张地乱转着，一边等着下一个掉进网里的猎物。

"嗨。"我站在门口打了一声招呼。

"嗨。"

我等了至少三秒钟，小木才抬起头，朝我这里看过来。他显得很累，像他妈妈一样累，或许他刚哭过，也或许我弄错了。我满脑子的问题一下子烟消云散，连同刚才的怒气。

"真对不起。"我喃喃地说，声音很轻。虽然我也不知道究竟为什么道歉，或许是我说他不会游泳？或者我父母会做松饼，而他包里还装着胡椒喷雾？

"谢谢你帮我把包送来。"小木回答，声音也一样地轻。然后我们都不再说话。我犹豫地站在门框边上，不知道该走还是留。

小木的房间看上去不像是他自己的，面积很小，铺着深蓝色带点的地毯，窗户上挂着浅红色带花的窗帘。房间里只有一张已经刮痕明显的木质写字台，还有一张黑色的狭窄的铁床，除此之外没有任何别的家具。只有床单看上去跟小木的爱好相衬，上面是深蓝色布满星星的夜空。

"这是奶奶送我的生日礼物，"小木注意到我的目光，随即说道，"还有那条绿色的泳裤。"

"那条泳裤太适合你了，我看你恨不得让全城的人都欣赏一下。"我不假思索地脱口而出，该死！

小木沉默了一秒钟，我几乎担心他又要爆发了。然而他微微动了动左边的嘴角，然后就笑了起来。我从来没见过谁的笑像小木那样有感染力，他前仰后合地笑出了眼泪，我只好也跟着笑起来。像上次一样。我不记得以前能被谁这样逗得发笑，什么原因也没有，就是简单地大笑起来。

"哎，我房间不怎么样。"小木说，"本来这也不是我自己的房间，我们还是出去吧。"

我想起曾对妈妈许过的承诺，晚上绝不一个人到处乱逛，比如不去法杂嫩阿克。小木也不想到外面的马路上去。于是我们在空荡荡的房子里，小心地绕过地上到处摆着的半开的纸箱，然后来到那个迷你阳台上，正方

形的阳台小得像一个搬家用的纸箱。小木的妈妈不知道
去哪儿了，奶奶也看不见人，好像小木一个人住在这里
似的，我甚至开始觉得有点儿阴森森的。

天已经擦黑了，外面却仍然燥热难耐。阳台上放着
三张塑料椅子，它们居然都能挤得下。我和小木每人坐
了一张椅子，然后把脚放在第三张上。小木的脚趾触碰
到我的运动鞋。因为房子在顶楼，一抬头便看见了天空，
可以想象成我们正坐在热气球里。小木盯着夜空，虽然
星星还没有亮起来。刚才的大笑已经褪去，他坐在那儿，
仿佛很远，很远。

突然，小木开始滔滔不绝地说起话来，如同久存的
水被泄洪了一般。他还补充了一些我讲自己糗事时他没
有回应的部分。"我们不是直接从柏林搬来的，"小木说，
"中间还去过三个别的地方。先是汉诺威，接着是罗斯托

克，然后是卡塞尔附近的一个小镇，住的时间太短，我都忘了叫什么名字了。"小木用他长长的手指刮着右腿上的一块白斑，是一滴干了的牙膏："不能让我爸爸知道我们去了哪儿，我们一直住在妈妈的朋友家，然后又得马上搬走。就这样。"

我安静得仿佛屏住了呼吸，也尽量不挪动我的手和脚。小木语速很快但声音很轻，我一点儿也不敢打断他，好像一旦打断，他马上又要讲更多似的。

"我爸爸失业了，其实已经失业两年了。工作对他来说非常重要，所以，从那以后……一切都不一样了。"小木喃喃地说。

我很想问什么不一样了，是不是因此他没有学会游泳，但是又担心他觉得我什么都不懂，然后又开始爆发。

"我妈妈一直说不能再这样下去了，然而却越来越糟糕，然后我们就搬出来了。"

我想问小木到底发生了什么，但又不敢开口，至少现在还不行。

"我早就想走了，我是说搬出来。"

小木又抬头去看夜空，我们头顶就是大熊座，我仍然一言不发地静静坐着。

"你从家里逃出去过吗?"小木轻轻地问。

我忽然觉得自己很蠢，很渺小，我连想都没想过这样的事情。"没有。"我仿佛喉咙被打了结似的。

"我经常想逃出去，但是我妈妈一定不同意，况且我们已经搬出来了。"小木的声音听起来很奇怪，好像快要摔倒了似的，"我们已经在逃亡了。"

说到逃亡，我想起妈妈给我讲的叙利亚难民，他们逃离家乡发生的战争，有些来到我们的小城，已经有几

个星期住在市政厅附近的福利房里。妈妈还说，他们几乎都有心灵创伤，就是没法忘记那些可怕的逃亡经历，睡眠不好，变得抑郁或者忘记了从前学会的事情。

我不知道应该对小木说些什么，我很想把自己的左手放到他的右手上，就是那只还在刮着腿上的白点的手。我也不知道究竟为什么没有这样做。小木笑了笑，然后那一刻就过去了。

"你最喜欢吃什么味道的冰激凌？"小木脱口而出，好像我们在泳池边的问答仍在继续，也从来没有停止过一样，只是我喉咙里的结解开得很慢很慢。

"覆盆子味儿的。"我想起救了落水的小木后他请我吃的那支冰激凌，好像从那以后已经过了一个世纪似的。

"我喜欢吃巧克力味儿的。你最喜欢什么动物？"

"蓝鲸。你呢？"我问。

"金鱼。"

"什么，真的吗?"

"不，开玩笑的。我喜欢长颈鹿，它们长得跟我一样，高高的，还有斑点。"小木说着又笑起来。

我们又互相问了无数不让对方觉得难过的问题，然后看着夜空里慢慢浮现出许多星星来。

"你看见那颗红色的星星了吗?"小木指着夜空。我把头靠近小木，好找到他说的那个角度。"这颗是毕宿五星，金牛座里最亮的一颗。我是金牛座，旁边是昴星团。"

我的视力不错，但一直聚精会神地盯着夜空，仍然觉得有些吃力。

"你得稍微掠过去看，然后才能看出来昴星团。"小木解释。

"奇怪。"不过，真的成功了。当目光不再紧盯着，而是稍微掠过那些小而紧密的星星时，真的能辨认出昴星团。"一共七颗。"我一边数一边说。

我还是把手放到了小木的手上。小心地，像去捉一只蝴蝶。他的手细长而凉爽。当我放上去的时候，小木没有把手抽走，一点儿也没有挪开。

我不知道我们在阳台上坐了多久，在那个狭小的水泥平台和广阔的夜空之间。但一定是很久。我没有给家里打电话，虽然知道回去后一定会有很大的麻烦。

第八章
金刚石和鹅卵石

石块是大山与细沙之间的过渡状态。几百万年甚至几十亿年前，在还没有人类、恐龙或单细胞生物以前，每一块石头都曾经是大山的一部分。在这几十亿年间，大山被洪水和沙暴切割、研磨成大大小小的石块。石块继续运动，进入江河，然后慢慢变成细的沙粒，虽然石块最初看上去坚硬无比，好像能承受任何的雷电、狂风和暴雪。

那天晚上我回家后，天早已黑了，爸爸妈妈当然是一通劈头盖脸的责骂：

"我们说好了规矩的。"妈妈不等关上门就咬牙切齿地说。她的眼睛越发显得深蓝，而身体周围像冒着一团火。妈妈其实是个勇敢的人，她眼睛一眨也不眨就敢从十米跳板上跳下去，有一次还冒着生命危险在川流不息的马路上救了一只母鸡。所以当妈妈感到恐惧时，她的愤怒就更加歇斯底里，而这恐惧只是因为我回家太晚，这是她自己发泄的时候说的。

"你平常从来没这么晚回家过。"爸爸站在妈妈身后的门框边，皱着眉头缓缓地补充道。爸爸的怒气总是比妈妈来得平缓一些，爸爸在任何事上都比妈妈平静一些。

听我讲完发生的一切后，爸爸先意识到这是一次特殊情况，所以"过了晚上七点不回家就要打电话"的规矩可以不予考虑。爸爸妈妈都觉得小木穿着绿色泳裤跑遍半个城市的情节比我对他家的描述要有趣得多。妈妈听完后咬着自己的左手拇指根，爸爸则陷入了沉思。不知过了多久，妈妈终于咬够了手指，爸爸认为反正今天也做不了什么了，于是我们开始一起做华夫饼，在半夜里。第二天我照常跟小木一起去露天泳池，第三天、第四天也都是如此。

"你找到石头问题的答案了吗?"小木问。

"哪个石头问题?"我问道。

"就是世界上最珍贵的石头。"我惊讶于小木竟然记住了这个问题。那天他来吃松饼时，我只是随口说了一句。

"噢，没有。"我忽然想起来好几天没从裤兜里掏出我的问题清单了，没准已经进洗衣机了呢。

"我找到答案了。"小木得意地说。

"真的?"我一下子坐了起来。

"虽然不完全是你想要的答案,但我觉得挺有趣的:金刚石是最珍贵的石头。"

我摆摆手,这个我早知道了。

"但是你知道吗,可以从死人身体里提取金刚石。"

"什么?"这我还真没听说过。

"当然是真的。有些人让从他们过世的丈夫或妻子身上提取金刚石,然后做成项链戴在脖子上。"

"我觉得这怪怪的。"我随口说道。

"我觉得挺好。至少对于那些人来说,这些提炼出的金刚石就是他们眼里最珍贵的石头。这个可以部分回答你那个问题。"小木解释说。

我点了点头。

"如果我奶奶去世了,我就把从她身体里提炼的金刚石做成项链戴在脖子上。"小木补充道。

我不知道小木是在开玩笑还是说真的，虽然我已经越来越了解他了，但这会儿还真搞不清楚他的想法。

这几天里，我们每天玩填字游戏玩得天昏地暗。我从小木那儿知道红矮星比蓝巨星的寿命长，而小木也从我这儿学到了"废物"和"烤羊肉块"这两个词语。他的皮肤渐渐有了红色，看着越发健康起来，而我则更像印第安人了。我们吃了无数的覆盆子和巧克力冰激凌，还在河边找到了我们最爱的去处，一个旧的人行桥，像一个废弃的玩具火车轨道。小木给我讲了他的未来疯狂计划——造一艘属于自己的宇宙飞船。他还告诉我他最喜欢的颜色是向日葵的金黄，而他的糗事是七岁时还吮吸大拇指。对于小木的父亲，我仍然没有得到更多的信

息，但是游泳课却是有了些长进，一点点吧，至少小木站在我旁边跳进泳池的时候，不再那么害怕，现在他也敢进没过腰的浅水区了。今天我们要去更深一点儿的水区，这是第一次。

我跟小木先在浅的地方蹒跚着往前走。天空布满了云，因为人不多，水面平静得像一面巨大的镜子。小木往前走的时候，像是在云海里开辟一条道路。慢慢地，他的肚脐、胸部、肘部消失在水面倒映出的云海里。小木的步伐变得缓慢，我紧盯着他走进越来越深的水里。池边有一块已经生锈的牌子，上面写着"游泳区"。牌子可能还是很早以前立的，当时还没有"浅水非游泳区"这种说法，而这片水域专门只给少数会游泳的人使用。

"站住！"我大声喊道。

小木举起双手："我投降！"

他稍微站了一会儿，然后又放下胳膊，让其沉入晃动的云海倒影里。

"上下跳一跳！在浅水区你会游的。"我对小木喊着，语气像一个拳击教练鼓励倒地的拳击手一样。我想象着小木以后跟我一起游泳的样子，真正的游泳。我们会并列前进，然后聊着小丑鱼、宇宙飞船和土星光环。小木还会不小心喷一位老大爷一脸水，然后我们大笑着，不等管理员把我们轰出去就自己爬上岸。对，应该是这样。我得转移小木的注意力，到底是问他问题还是给他讲故事呢。

"小木，你奶奶怎么样？"

小木不解地看着我："我奶奶？怎么了？"

"就问问。那天我去你家的时候，她不在。"

"哦，她在的。"小木说道。

小木站在泳池里，轻微地摇晃着，他专注地稳住双脚，然后又不由得上下晃动身子，使得身体周围的云影开始变换各种形状："我奶奶通常没什么声音，也不太说话。我们从柏林搬走的那天，她几乎完全沉默了。"

小木在回忆这些的时候，脸上好像掠过更多的乌云，一定是不愉快的经历，他说着仿佛要吞下去一大块苹果，而苹果又卡在喉咙口咽不下去。

"我觉得说话让奶奶感到很吃力，她年纪大了，已经八十九岁了，不过她人挺好的，虽然她儿子是我爸爸。"

从小木脸上的表情可以看出，奶奶不仅"人挺好的"，而且他很喜欢奶奶。忽然，小木像是无意识地跳了起来，脚底离开地面，身体漂在水面上。那些云的倒影先是变得细碎，然后就消失成一片蓝灰色。小木划动胳膊，向前游去。他游起来了！我简直不敢相信！他看起来像本来就会游泳似的。

"小木！"我激动地大喊，像妈妈当年一样。

然而我马上就发现，我错了。小木像是被人从沉沉的梦中叫醒，然后就跌了下去，完全地栽进水里，那些云的倒影也被拍打得消失了。因为头没在水面以下，他喝了无数口氯气和水。真倒霉，真倒霉！我抓住小木的左肩，把他救了起来。

这时从我们旁边突然冒出一个我熟悉的脑袋："冷血小姐！"

是塞巴斯蒂安。他的头发连湿的时候都保留着棒球帽压出的形状，就像一个蛋糕模子里刻出来的似的。

"最近怎么样？"塞巴斯蒂安问。

"你好。"我小声嘟哝了一句，毫无见面时的喜悦，并希望他快点游开。但是塞巴斯蒂安显然很好奇的样子。

"是你表哥?"他大言不惭地接着问,"还是新男朋友?"塞巴斯蒂安咧着大嘴笑着,好像他的嘴角被两根看不见的线拉到了耳朵两边。

我吐了一口含着氯气的水,很生气自己不能怼回塞巴斯蒂安的愚蠢问题。这时小木开口了:"男朋友。"小木无比友好地看着塞巴斯蒂安,毫无挑衅地接着说:"怎么,妒忌了?"

小木抓起我的双手,稍微后退了几步,然后拉着我的胳膊,蹚过浅水区慢慢走向池边,好像一个土著人拉着他漏水的双体船。我骄傲地跟在后面,觉得全身像充了气泡一样轻飘飘的,而塞巴斯蒂安则张大嘴巴惊讶地看着我们。

我和小木坐在我们最喜欢的人行桥边,然后放松地晃动着双腿。桥上的石头缝里长出了小草,像老人的头发。我们静静地看着桥下流动的河水。

"我奶奶以前当过裁缝，"小木突然开口说道，好像我们根本没有停止过谈论他的奶奶，"以前她还给我做过裤子。那些裤子挺不错的，一点儿也不像奶奶们送的那种样子过时、让人直接想挂起来不穿的那种。奶奶做的裤子总是很合身，看上去也挺奢侈的，虽然她根本没学过。"

小木停了下来，我看了一眼他穿的裤子，没有多奢侈的样子，就像H&M店里卖的那种普通样式，但是"奢侈"这个词一下子就变成我最钟爱的词语之一了。

"奶奶总担心她的儿子我的爸爸吃不饱，她自己说的，但其实奶奶比爸爸矮小、清瘦多了，她总是很弱小的样子。"小木说着又停了下来。

我想起了我的奶奶。她既不瘦弱也不矮小，反而高

大强壮，嗓门也很大，还遗传给爸爸一张大嘴。每次想起奶奶，我总会想到她在花园里干活的样子，戴着硕大的散边草帽，左手拿一把很大的剪枝用的剪刀。因为奶奶给我的这个印象，我无法想象老人可以安静瘦弱。

"奶奶一直护着我，甚至跟爸爸唱反调。但是自从她跟我们一起搬出来，自从妈妈决定要离开……"小木说着说着，眼神变得很奇怪，然后就停下来不再讲了。我很想知道那天在柏林到底发生了什么，可是每次说到这儿，小木都像被闪电击中似的戛然而止，然后索性就换个话题。

"奶奶不再跟我说话了。"小木又接着说了下去。我朝他看了看，他仍然面无表情地盯着桥下流淌的河水。

"或许她不想让你随身携带胡椒喷雾。"我说，也意识到这是在挑衅小木，但是我必须问个究竟。要么小木告诉我真相，让我知道他为什么要这样做；要么他再次发作，把我从桥上推下去或者撒腿跑开。这回至少他穿得多了一点儿，不再只是一条绿色泳裤。

但事情出乎我的意料，小木只是一言不发地坐在那儿。然后他盯着我的脸，我甚至觉得有点儿可怕，被他用那双浅蓝色的眼睛一直盯着，半天沉默着。我也像僵住了一样看着他。忽然，我发现他的瞳孔周围又出现那些亮点，像盐粒一样。不等小木开口，我已经知道他要说什么，然而他的讲述还是让我觉得毛骨悚然。

"对，胡椒喷雾，"小木说着，继续盯着我的眼睛，那些光点在他眼里闪烁，"那瓶胡椒喷雾是因为我爸爸才带的。"

他的目光告诉我，现在不要再问任何问题。

我们沿着小河一路沉默着往回走。在岔路口，我们

要分开，小木要回他在法杂嫩阿克的家，而我要回榉树旁边的家。这时小木弯腰捡起一块鹅卵石，是一颗普通的浅灰色的石头，浸湿了就会变成黑色。石头形状扁圆，中间有一道细细的白色的纹路，好像是石头的静脉，通向心脏的静脉。

"给。"小木说着，把石头放到我的掌心，一种很舒服的凉爽传过来，还有一些灰尘，"就当纪念吧，纪念我今天几乎学会了游泳。"

第九章
雨之舞

蹦极运动的发明者据说是来自澳大利亚的圣灵群岛，该群岛位于太平洋上澳大利亚和夏威夷之间的海域。几个世纪以来，那里的人们都从事这一运动：从可可树干做的二十五米高的塔顶跳下。岛上的人比一般蹦极者更加勇敢，因为他们脚上绑的不是结实有弹性的橡皮条，而是用藤本植物做的普通绳子。另外，圣灵岛上的这一运动仅限于男性，因为他们觉得女性会过于害怕而不适合蹦极。

如果有一天我去圣灵岛，一定会告诉那里的男人们，

勇敢跟性别没有一丁点儿关系，好奇心也是如此。作为例证，我妈妈可以做勇气的代言人，而我则是好奇心的代表。

我第一次领会自己的好奇心及其后果是三年前六月的一天，天气酷热，我和同一条街上的孩子在外面玩，邻居卡萝尔也在，她的妈妈很胖很胖，我们私下里都叫她妈妈"鲸鱼"。那之前我刚刚听说过"厌食症"这种病，然后就想知道卡萝尔妈妈的肥胖是否也是一种病。我这个问题其实并不讨厌，只是出于好奇心，但是导致卡萝尔对我采取了最严重的惩罚：至少有八个孩子往浇水壶里灌满了脏水，然后泼到我的头上。

那天下午，妈妈一边把我弄脏的裙子放进洗衣机，把我整个人扔进浴缸，一边语重心长地说："成长意味着是选择人云亦云还是逆流而上，是屈服于自己对别人的恐惧、闭上嘴巴，还是克服恐惧、张开嘴巴，把要说要问的全部说出来。"

妈妈说这些的时候，像每次生气时一样，额头上布满了细小的皱纹。当然，这次的怒气不是因为我犯了错误。

妈妈接着说："大部分人会选择闭上嘴巴，所以他们无法理解有人会张口，会像你这样充满好奇。"

我从来没见过妈妈如此严肃的样子，她的眼睛大而清澈，目光好像红外线一样照进我的脑袋里。

"最重要的是，"妈妈结束她的演讲时总结道，"你如果想说、想做什么，只管去说、去做，不要管别人是否觉得你很傻；做你认为对的事情，不要让任何人影响你的决定。"

我记得正是从那天起我开始屈服于自己对这个世界的好奇心，我想知道所有值得询问和研究的事情。没过

多久，我写下了第一个问题清单，也不再去管"卡萝尔事件"以后，邻居小孩大部分躲着我的现实。读关于蓝鲸的书籍本来就不需要跟别人一起，本来就是一个人做的事情。

但是说到研究人还是有些麻烦，一是我对人没什么经验，二是问这类问题不仅需要好奇心，而且还需要勇气，以至于我觉得从哈利法塔顶层蹦极，都比问小木的心情要简单得多。不知道为什么，小木今天整个人都蔫着，他说自己没带浴巾，然后远远地躺在我的浴巾边上，两条腿支成不能活动的三角形，一言不发地躺在那儿。

我不相信小木说的话，我觉得他只是不想学游泳。我是在泳池门口逮到小木的，他正在那张印着冰激凌广告的旧海报后面闲逛。我发现小木，是因为看见海报上画的沙滩下面突然钻出来一双浅蓝色运动鞋，跟小木那双破运动鞋一模一样，四十四码的，我现在连天黑的情况下都能认出这双鞋来。海报上的人们正幸福地吃着冰激凌，而那双鞋明显破坏了画面的美感。

我用眼角观察着小木，就像看昴星团一样，稍微掠过去会看得更清楚。小木眼睛里的亮光今天像是被人偷了似的，枕着的胳膊让我想起细细的螳螂腿，而胳膊肘处的皮肤又干又皱，皱皱的像大象的皮肤，我忍不住想象了一下大象肘部的骨头有多大尺寸。

小木撑着胳膊要坐起来时，我忽然发现他左胳膊的内侧多了一处乌青，是一条细细长长的青痕，像左腕戴了一个敞口的手镯。这一处乌青很明显，我确信昨天还没有。另外，他的胸口也多了一个深色的斑，是一个蓝紫色的小圆斑，有清楚的边痕，像胎记。我想起妈妈对我说的话：想知道的事情一定要问，时刻都要问，"不

要让别人限制你提问，也不要让自己的恐惧限制你"。

我很想问问小木到底发生了什么，我脑子里有一个坚定的声音，想知道几天来积攒的那些问题的答案，这些问题像顽固的黏液般堵塞了我大脑里负责快乐的那一部分。但是当我看到小木的眼神时，又有另外一个声音告诉我，现在最好别问，最好先玩一局填字游戏，并且无视他心不在焉的状态。我还要无视他把"Sonnenunter-gang（日落）"这个词里的"n"漏掉一个，而且今天完全没有学游泳的兴趣。是的，尽管看见了他身上的乌青，也不要问。

天气预报很准，傍晚时分天空堆起了大片的乌云，在瓢泼雷雨到来之前，我和小木逃到了小卖部的屋檐下。大雨几秒钟就赶走了泳池的客人们，温度也似乎骤降了十摄氏度。管理员在泳池边上被一个塑料充气鸭绊了一跤，然后挺着浑圆的肚子，骂骂咧咧地在潮湿的地板上三米一滑地往前走着。我们笑他时，他又朝我们这儿嘟哝着骂了一句。

小卖部的主人正忙着把薯片和糖果挪到干燥的地方。屋檐边倾盆而下的大雨，仿佛变成了一个水珠做的帘子，银灰而厚重，簌簌地敲打在潮湿的石板上。每一个落在石板上的雨滴，都溅起一个由无数小水珠做成的花环，花环紧接着又被下一个到来的雨滴覆盖。站在我旁边的小木一动不动，也朝同一个方向看着。忽然，他一个箭步，冲进了滂沱大雨中。

我和小卖部的主人惊讶地看着眼前这一幕：一个高瘦的男孩在瀑布般的大雨里旋转着、上下跳动着。他的绿色泳裤紧贴在腿上，像皱起的第二层皮肤。大雨从他的头上像小溪似的沿着鼻子、肩膀、背部和腿急流而下。

小木一边欢呼着，一边朝我疯狂地舞动着双手，像格林童话里的侏儒妖①一般。但是他的欢呼不同于一般的欢呼，因为缺少了喜悦，小木的脸上更多的是绝望。

"雨之舞。"小木回到小卖部屋檐下，喃喃地说。他抖了抖身上的雨水，像一只刚洗过澡的小狗，那些抖落的水珠溅到我的脸上。小木的眼睛又深邃又清澈，我把自己的浴巾给了他。雨水像小溪似的从他的头发沿着额头汇集到眼角，然后又滑过他的两颊，如同泪水一样。他的耳垂上也挂着水珠，像钻石做的耳坠。小木的牙齿

---

①《侏儒妖》是《格林童话》里的一则故事，讲的是一个侏儒妖帮助磨坊主的女儿实现了三个愿望，要求已成为王后的磨坊主女儿兑现承诺，把她生的第一个孩子送给自己。王后不答应，侏儒妖便要求王后猜出自己的真实名字。后来一个信使发现侏儒妖围着火堆跳舞时说出自己的名字是"龙佩尔斯迪尔钦"，便把这个名字告诉了王后。王后说出了这个名字后，侏儒妖便消失了。

不规则地嗒嗒作响。他把已经潮湿的浴巾裹在身上，像古罗马男子穿的托加长袍。

"麻烦您给我们煎两根香肠。"小木对店主说。那个店主仍盯着他，像看一个幽灵似的，慢慢地摇了摇头，然后把几根香肠放到烤架上。"烤架还是热的。"店主幽幽地说。

只几分钟时间，刚才的恐怖景象便无影无踪。乌云消失了，太阳重新照耀着大地，空气像被冲刷过似的明亮而温暖。不同的颜色变得光彩夺目，草地上桌椅的轮廓也更加清晰可见。

我和小木坐在石板地上，周围是被太阳晒得冒着蒸气的小水坑。煎香肠的味道从来没有像今天这么好，我们静静地吃着。小木飞快而大口地嚼着，他的脸上沾满了番茄酱，而我则慢慢地品尝着，不时从旁边看看小木。

　　"我喜欢下雨。"小木在吃完最后一口香肠时说道，他狼吞虎咽的样子很像是经历海难的船员，饿了几个星期后终于找到一头野猪。除此以外，我不知道该如何评价他今天的反常行为。小木把浴巾还给我，我又一次注意到了他手腕处的乌青。当小木发现我在看他的伤痕时，他的眼睛眯了起来，几乎不容易察觉到。但是紧接着，小木的手像被烫伤了似的猛地抽了回去。

　　"我回家了，还得好好冲个澡。"

　　小木朝我随便挥了挥手，然后一边咬着香肠一边匆匆离开了，剩下我一个人坐在小水坑之间的石板上。我有一种想哭的感觉，仿佛有东西卡在喉咙里出不来。小木就这样跟跟跄跄地离开了，他走路的时候两肩稍微前倾着，像一个逐渐变小的外星人的样子。他往前走的时候一直没有回头。哦，我的朋友，小木。

第十章
暴风雨前的宁静

德语中的"迷宫（Labyrinth）"一词出自希腊语，最初是指希腊克里特岛上米诺斯国王的迷宫花园。相传，国王在这里擒住了牛首人身的怪物米诺陶罗斯，让国民望而生畏。今天这个词主要用来指一般的迷宫或走不出去的路，并不是真正的道路，而是抽象意义上走不通的人生道路，比如在特别艰难的阶段找不到真正的出路。

小木雨中起舞的第二天，妈妈刚好休假。吃早饭时，妈妈问："今天要不要去郊游？"从我们这儿开出去三个小镇有德国最大的玉米地迷宫。

"问问小木愿不愿意一起去。"妈妈一边说着，一边往面包上放火腿、奶酪和番茄片，有半片番茄掉到了地上。妈妈肯定以为我没看见，所以她从地上捡起番茄，放到水龙头下稍微冲了冲，然后又小心地放到面包上。

我洗了两个苹果，然后拿出那张皱巴巴的字条，上面写着小木家的电话。小木说过，家里除了他以外没有人会接电话。妈妈总说苹果切成小块更好吃，我一边看着妈妈切苹果，一边听着嘟嘟的拨号音。我想象着小木正穿过堆成山的纸箱，朝电话机那儿走去。我盯着字条上歪歪扭扭的很难辨认的字体，发现它跟小木家楼下门牌上的字体一样，真的不算漂亮。我的德语老师克诺尔女士要是看到了，一定会因为字迹不工整而扣分的。我等到听筒里至少响了十二下，才挂掉电话。

"家里没人。"我对妈妈说。

"那我们今天就享受二人世界吧，好吗?"

妈妈一副很开心的样子，我努力回忆着上次跟她单独出门是什么时候。以前我常跟妈妈两个人出去，看电影、去湖边或者采蘑菇，妈妈至少能辨认出二十种能吃的蘑菇。不知道从什么时候起，我忽然不再跟妈妈一起出去了，就像一下子不玩毛绒玩具、不吃大拇指或者夜里睡觉不再开着自己房间的门。

迷宫巨大，我们准备爬上玉米地中央的瞭望台，结果绕来绕去走了半个小时，忽然又被玉米做成的墙挡住了去路，于是只好放弃去瞭望台的打算。妈妈像演戏似的一头倒下去，伸展四肢，躺在干草做的狭窄的小路中央。一个男孩和一个女孩好像故意选了这条死胡同，可能是来亲热的吧。他们看见妈妈的样子掉头就跑。妈妈总是能把人吓到，但她好像觉得无所谓。有时候我也希

望自己可以像她那样，不过，如果真那样做了，我可能又会觉得很尴尬。

在死胡同的尽头，我们摊开了准备好的野餐布和食物，然后狼吞虎咽地吃完了面包。妈妈伸展四肢，躺在我旁边，支起双腿，就像小木那天一样。她脸上的光与影像斑马纹般错落有致，而头发像光做的花环一样罩在她的脑袋周围。我第一次发现妈妈竟然有了白头发，三四根白发亮晶晶地出现在她偏分的头发缝隙间，让我意识到妈妈也渐渐老了。

"妈妈?"

或许是我打搅了妈妈的小憩，也或许是太阳晒得她有些发痒，妈妈微微皱了皱鼻子。我忽然很喜欢她现在的样子，可能因此才叫她的吧，也可能想跟她说说长久以来压在我心底的事情。

"小木好像有些不对劲。"我对妈妈说。

"什么意思?"妈妈刚刚睡着,这会儿正慢慢醒过来。

"有时候他会直接跑开,也经常不回答我的问题,还有,他身上有乌青。"

"乌青,哪里?"妈妈忽然完全清醒了。

"胳膊上,背上,我不知道,可能哪儿都有。"

"你问他怎么回事了吗?"妈妈坐起来,目光犀利地看着我。

"没有。他总是一下子很愤怒或者跑开。还有,昨天又有了新的乌青块儿。"

我忽然想大哭一场。我觉得自己在有意避开妈妈的提问或者在对抗我自己。我知道接下来我可能会把剩下的事情一股脑儿都倒出来。

"小木还随身带着胡椒喷雾，他说是为防他爸爸才带的。"

我的泪水忽然夺眶而出，好像几天、几星期以来积攒的对小木的担心一下子爆发出来，就像缓缓流淌的小溪一下子变成夏天的暴雨般倾泻下来，与昨天小木在雨里狂舞一模一样。

"来，来。"妈妈把我拉过去，紧紧地抱着我，好像又回到我还是个婴儿的时候。她轻轻地摇着我，我把脸埋进她蓬松的头发里。我闻到了橘子的香味，慢慢地安静下来，甚至相信一切都会好起来的，我可以想办法帮助小木。也或许是因为妈妈的胳膊，虽然很细，却很有力气，紧紧地抱着我，好像要阻挡这个世界上一切的妖魔鬼怪。

　　我们到家时已经是下午六点了。妈妈直接把我推到电话机旁："再给小木打个电话试试。"她说话的语气虽然很平静，但我仍能感觉到不安，她先用纤细的双手不停地拢着鬈发，又用两个手指夹着一绺头发轻轻地旋转着，以至发出了一丝细细的声音。如果她紧张的时间再长一点儿，头上可能会出现几百个这样的小卷。

　　我将听筒贴近耳朵，认真地听着每一个拨号音。妈妈就站在我旁边，并没有注意到她在转头发时已经扯下了几根来。我刚要放下电话，对面竟然有人接了，但是没有声音，我屏住气等待着。

　　"小木?"我对着沉默喊道。

　　"是我。"小得不能再小的声音。

　　"你怎么了?"我也开始压低声音。

　　"我不能……"小木说道。好像有重的东西掉在地

上，然后是砸碎的声音。还有一声叹息似的叫喊，声音不大，我却听得很清楚，不禁起了一身鸡皮疙瘩。

"左妮亚，我现在不能……"小木听上去像换了一个人，更大，也或者更小。电话轻轻地挂上了，我的耳朵里只有单调的挂断音。

"挂了。"我对妈妈说。

"小木住哪儿?"妈妈说着又穿好了鞋子，她甚至来不及问小木刚才在电话里说了什么。

"法杂嫩阿克三号，七层，门牌上写着'桑德'。"我不假思索地答道。

妈妈门也没关就走了。与其说是走，不如说是跑。我好不容易套上运动鞋，跟着跑了出去。妈妈的紧张和愤怒仿佛蹿到了头顶，像火一样从每一个发尖喷射出来。我因为没系好鞋带，跌跌撞撞地跟在她后面，朝法杂嫩阿克方向跑去。我跟妈妈之间的距离越拉越远。

我想象着法杂嫩阿克已经停满了警车和消防车，所有的窗子都大开着，一片嘈杂。但当我比妈妈晚两分钟跑到的时候，周围静悄悄的，反而让人觉得更加阴森。小木家楼下的门大开着，并用一个夹子从下面顶住了。我看见两个男人抬着一张芥末色的沙发走过来，我努力让开他们，但还是不小心用胳膊肘顶到了其中一个男人的背部。"熊孩子！"他在我后面骂骂咧咧地叫着。

电梯还没有下来，一定是妈妈乘着上去了，或者那些搬家的人按在某一层停了，好塞进更多丑陋的家具。我两级台阶并一步地跑上楼去，好不容易到七楼的时候，已经累得气喘吁吁。走廊里很暗，我打着滑往前走，但是在到小木家门口前不小心踩到了松开的鞋带，整个人重重地摔了下去。光滑的地板上，我的膝盖划出一道几

厘米长的伤口。我咬紧牙关，舔了舔流出来的鲜血，艰难地爬了起来。对面的门口站着一个金黄色头发的小女孩，流着鼻涕，没有穿长裤，但脚上穿着粉红色的鞋子，她朝我微笑着招了招手。小木家的门虚掩着。

房间里没开灯，所以有些昏暗。我看不见什么人，也听不见任何声音，就小心翼翼地走了进去。我感觉心脏提到了胸口和舌头之间的某处，突突地狂跳，当我看见小木的那一刹那，仿佛心跳忽然停止了。他站在客厅左后方的角落里，那儿曾经是去阳台的门，现在却变成一大堆玻璃碎片，围在小木周围像是打碎的冰块。小木后面，他妈妈紧紧地靠墙站着，仍然穿着那件苔藓绿的浴衣，睁大眼睛用左手捂着嘴巴，仿佛一部拍得很差的恐怖片里的镜头。小木前面站着一个金红色头发的男人，我只能看到他的背影，身材极其高大，一定有两米高，穿着白色的衬衫和蓝色的牛仔裤，我猜是小木的爸爸。他朝小木伸出了双手。

　　一切都静止下来，好像看电影时按了暂停键，好让我明白眼前的一幕。我又看了看小木，他的脸色煞白，眼睛显得又大又暗，嘴唇红得像刚摘的樱桃。他的头发蓬乱得像触了电一样，脸上的表情凝固成失望、恐惧、愤怒，同时还有一种不太相配的情绪，可能是爱吧。小木举起右手，里面有一个透明的东西在闪闪发亮，我现在才明白为什么一切都静止了下来。

　　这是暴风雨前的刹那安静，是爆炸前的片刻无声，就在这个当儿，小木看见了我。他刚想甩胳膊，在我看见那条银色的光带、听见那声大喊之前，就像漫画书里画的"啊……"或"砰……"的对话泡泡似的，在一切动作之前，在令人恐惧的安静即将变成呐喊之前，小木

看见了我，大约有十分之一秒的时间，他盯着我的眼睛。但他毕竟看见了我。

我不知道妈妈是什么时候突然出现的。当小木一边大喊着"我要杀了你！这次我要杀了你"，一边拿着玻璃碎片像疯子一样挥舞着时，当那个高大的男人叹着气捂着左肩，而一片红色正在他的白衬衫上慢慢扩大时，当小木的妈妈轻声哭泣着蹲下去，像一把瑞士军刀合起来时，我看见我的妈妈一个箭步冲到这三个人中间，将她的双手和两臂插到另外六只胳膊、六只手中间，原本一地玻璃碎片、叹息和喊叫的混乱，现在慢慢停息下来。

这一切大约持续了三十秒钟，我一动不动地站在那个有斑点装饰的土黄色地毯上，前后左右全是打开了的高高低低的纸箱。小木低着头，身上的勇气全无，像一个木偶似的站在那儿，仿佛他全身的力气都用在了刚才甩胳膊的动作上。这时，妈妈慢慢地转向我，她的脸色像火一样红，眼睛像大雨前的乌云一样暗。

"左妮亚，现在回家。"妈妈轻轻地说。

第十一章
不眠之夜

世界上最大的猫科动物叫狮虎兽，体长大约三米五，体重超过三百五十公斤。狮虎兽其实不是纯正的动物，而是由雄狮和雌虎交配产生的后代。自然界不会出现狮虎兽，因为雄狮和雌虎生活在不同的地带，不会在野生环境中相遇。但两者其实有很多共同点，如果它们在自然界相遇的话，一定可以交流很久。当然，前提是它们听得懂对方的语言。

听到妈妈的话，我转身准备回家。跟刚才进来时一样，我悄悄地走出小木家，门口的小姑娘已经不见了，地上有很多芥末色的棉絮。电梯也回来了。我对着电梯镜子做了个鬼脸，觉得自己跟第一次来这儿时不一样了，多了猜疑、恐惧、阅历，也或者只是显得累了。镜子里除了我自己以外，还有那只画上去的大猩猩，现在嘴上又多了一撇胡子。

我在那些高楼之间慢慢地走着，过了一会儿才发现我的鞋带还松开着。我蹲下去系上鞋带，又回头看了一眼小木住的那幢楼。灰色的建筑四四方方地立在那儿，好像刚才什么也没有发生一样。小木家的风暴对这个高楼巨人来说，不过是两只小蚂蚁在争吵。只有楼顶左边的一扇窗口有人，是刚才那个小姑娘，她看着我朝我挥手告别。

我到家时天几乎黑了。门口的榉树已经明显地遮到我们的房子，顶部粗大的树枝从房檐一边伸出来，暮色

中，好像老屋正伸开胳膊欢迎我回家。

楼下的餐厅还亮着灯，我很高兴爸爸在家，我可以讲给他听所有发生的事。爸爸对任何问题都有万能良药。很多时候他只要倾听，就能解决问题。我语无伦次地从后面讲起，然后讲到故事的开始，听上去有些杂乱无章。爸爸做了火腿面包，然后轻声地询问。爸爸可能从我讲的里面听出了更多的内容，他是个很棒的倾听者。他已经把我杂乱无章的故事理了个头绪出来。

"先上楼吧。"爸爸看我哈欠连天，对我说道，"我一会儿来给你看样东西。"

我走进自己的房间，一下子累得像刚爬过珠穆朗玛峰似的。我躺到床上，爸爸果然很快进来，把一张照片放到我面前。照片上是一个大约十岁的男孩，长着黑黑的大眼睛，对着镜头笑着。他的两颗门牙分得很开，显得有些莽撞，但同时又看起来很腼腆，甚至羞怯。照片的背景里有很多孩子在玩耍。照片很老，角上磨得有了毛边，颜色也明显褪去，好像有人在上面覆了一层透明的薄纱。这张照片像是有人常拿出来看的样子。

"这是小福，"爸爸说，"你妈妈小时候最好的朋友。他们两家之间只隔两座房子，所以你妈妈和小福天天在一起玩。小福很安静，也很平和。他的父母却不是这样。小福告诉你妈妈，如果他不小心把咖啡杯打到地上或者挡住了妈妈的路，他的父母就会惩罚他。你妈妈一直想帮助小福，但又不知道该怎么帮他，她那时毕竟才十一岁。后来有一天，小福突然消失了。"

我惊讶得咽了一口唾沫，不知道自己听懂了没有："消失了？"

爸爸用比平常更低沉的声音说道："小福死了，受伤

死的。你妈妈很晚才知道这些。小福的父母后来很快就搬走了。"

我忽然意识到妈妈除爸爸以外没有跟任何人讲过这件事情。我又看了看照片，这回看见了妈妈：背景里一个高高瘦瘦的女孩子，胳膊紧紧贴着身体，头上有蓬蓬的鬈发。跟照片里其他孩子不一样，妈妈的目光没有看向照片右侧，而是朝前看着，专注地盯着她前面的地方，没错，是小福站的地方。

我看着爸爸，他不大的棕灰色眼睛里有一种不一样的光芒，没错，是对妈妈的担心。

"睡觉吧。"爸爸说着，轻轻地吻了吻我的鼻尖，"我想莉丝很快就会回来的。"

爸爸在我面前很少说"你妈妈"，他也不叫她的名字"伊丽莎白"，而是一直叫"莉丝"。而且爸爸每次说这个名字的时候，都带着无比惊叹、钦佩的口气。

　　我躺在床上，看着天花板上木头的节疤。小时候，我总能把这些节疤想象成各种动物，比如骆驼、鳄鱼或者老虎，现在也还觉得很逼真。忽然，我意识到自己已经有三个星期没有看问题清单了，这会儿却觉得那个清单一点儿也不重要，我想着妈妈的恐惧和勇敢，也想着小福的样子。睡着是不可能了，远处好像有警车在鸣笛，我的心跳立刻加快，因为担心妈妈出了什么事儿。过了一会儿，我好像又看见小木那双空洞、呆滞的眼睛，还有他手里拿的玻璃碎片。

　　当我感觉自己在床上醒着躺到半夜时，妈妈回来了。一听到钥匙在锁眼里转动的声音，我就一骨碌爬了起来，静静地站在楼梯口。我看见爸爸妈妈站在楼下走廊里橘黄色的灯光下。爸爸揽着妈妈的肩膀，妈妈则不停地拢

着她的鬈发，她还没有脱掉鞋子，毛衣外套也从肩膀上滑了下去。妈妈哭了。我听不清楚她说了什么，只断断续续地听到一些单个的词语，如"爸爸""逃走"，还听到了"暴力""碎片"，还有不断重复的"可怜的孩子"。直到第三次听到的时候，我才明白妈妈说的是小木。我觉得她把小木看成孩子有些奇怪，因为在刚才发生的情景里，小木完全不像一个孩子。

爸爸用手指轻轻地抚摸着妈妈的后颈。可能是爸爸的这个动作让我打消了马上下楼去问个究竟的念头。我本想问妈妈我走了以后到底发生了什么，但又害怕听到她要说的内容，于是决定等到明天早上再说。

然后我很快就睡着了。当房子里的声音先变大然后又离我越来越遥远的时候，当我房间的轮廓变得越来越模糊的时候，我忽然意识到自己还没有一张小木的照片。

第十二章
美好的雨天

一片降水云通常的重量是二十五万六千吨，也就是五万头成年公象的体重。幸好一滴雨的重量只有二十分之一克，不然每次下雨我们都得担心会不会被雨滴砸死，而小木那天在雨中跳舞的举动则足以让他付出生命的代价。

第二天早上下雨了。我醒来时，听见雨点均匀地敲打着窗子，并在玻璃上留下断续而闪亮的细纹。我觉得嘴巴里有金属的味道，是的，我做梦了。光怪陆离、快速变幻的梦境，全是被追逐、鲜血和叫喊的片段。是个

噩梦，留在我的大脑里，醒来以后仍然觉得沮丧，甚至可能影响一个上午的心情。时间还很早，我拖着沉重的脚步下楼，看见爸爸妈妈已坐在饭桌旁，妈妈面前是她最喜欢的盛麦片的红色大碗，爸爸一边吃着面包片一边看着报纸。一切跟往常一样。

"早!"

"嘿，你已经起来了!"我坐到爸爸旁边时，他在我额头上吻了一下。

妈妈轻抚着我的左脸，她看起来精神焕发，好像睡得不错，不过有些心不在焉的样子。

我瞟了一眼爸爸的报纸，以为上面会有爆炸性新闻"十三岁少年因家庭暴力受伤"或者"法杂嫩阿克血腥冲突"的字样，但爸爸正在读的那一页只有粗体标题《德国动物园又添宝宝》，旁边配图是一只迷你犀牛，看起来像毛绒玩具。小犀牛鼻子上还没有长角，睁大眼睛，惊恐地看着镜头。我脑子里记下一个问题：犀牛的鼻子上什么时候开始长角？我坐到爸爸妈妈中间，拿了一片面包。妈妈紧盯着她的麦片，好像里面能找到划时代的科学发现似的。我稍微等了一会儿，就一小会儿，然后迫不及待地说：

"应该不懂就问。"

我引用妈妈自己的话，这有些无礼，但妈妈笑了。

"你想知道什么？"妈妈问。

"什么都想知道。"

"长的版本还是短的版本？"

"先说短的。"我知道要是让妈妈讲长的版本，说不定讲到中午我也不知道小木究竟怎样了。

"好吧。你的朋友小木很勇敢，也很愤怒。他爸爸前

天早上突然来看他们，因为又找到了小木他们的住处，像以前一样。昨天晚上他打了小木和小木的妈妈，也跟从前一样。但是这一次小木受不了了。"妈妈像是在讲陌生人的故事，其实也确实是这样。"他们推搡了几下，阳台的门也砸坏了。小木用玻璃碎片攻击他的爸爸，这个你也看见了。"妈妈又说道。

"他爸爸受伤了吗？"我问。

"不太严重。小木划伤了手，还把玻璃碎片朝他爸爸的肩膀砸过去。但是他爸爸很快躲开了。"

小木砸伤爸爸是否会觉得后悔？如果他手边有胡椒喷雾，会不会直接喷向爸爸？我想起他拿着玻璃碎片看他爸爸的眼神，那一刻，愤怒胜过恐惧，也胜过我看到的一切。

"那现在呢？小木怎么办，他妈妈怎样了？"我接着问。

妈妈耸了耸肩："他们不想叫警察。小木爸爸离开后，我给小木处理了一下伤口，就让他们自己待着了。我觉得小木跟他妈妈有很多事情要商量。"

外面的雨下得更大了。我嘴巴里嚼着干干的面包片，看着门前的榉树在风中起舞。我想起小木的爸爸，我只从后面看见了他，但一点儿也不觉得他有多危险。我也不断地想起小木的脸，他拿着玻璃碎片的手放下时，如同放下一把铡刀一样。

电话铃响起时，我一个箭步冲过去，但不是小木的声音。

"左妮亚！"听筒里传出奶奶洪亮的声音，我的耳朵感到哧哧振动，就像拿着电话话筒靠近收音机时发出的声音。"你最近都去哪儿了？我已经好几个星期没看到你

了。"奶奶说道。

的确，通常，我都会在星期三下午去奶奶家吃饭，然后跟她一起散步。但自从放了暑假，我就没再去看过她。我觉得很愧疚。

"发生了什么事？"奶奶询问道，声音里透着担忧。奶奶总能很快察觉到不正常的事情，这多少有些让人惊讶，可能爸爸就是遗传了她的倾听天赋吧。不管怎样，我决定先不对奶奶说小木的事，或许以后再告诉她。

"啊，没什么。"

奶奶也有意忽略了我不自然的停顿，接着说道："我做了覆盆子味蛋糕。"奶奶和外婆永远都知道怎么诱惑孙子孙女。覆盆子味蛋糕是我最喜欢的口味。奶奶总是在上面加一层厚厚的巧克力奶油。

"好，好，"我笑着回答，并觉得奶奶一定感受到了我的开心，"我下午两点就过去。"我忽然很渴望见到奶奶，跟她一边吃蛋糕，一边端着镶有花朵图案的茶杯喝茶。奶奶那双更适合拿植物剪刀的大手，端着茶杯时像端着过家家的玩具。

吃完早饭后，我上楼回到自己的房间。我不敢给小木打电话。我的直觉告诉我，要等小木自己打过来。或许他需要跟他妈妈一起休息一天，然后再给我打电话。也或许昨晚的事让他觉得太丢脸了，毕竟我看见了他拿玻璃碎片扔出去，像印第安人投掷战斧一样。

我坐在写字台前，打开笔记本，准备把关于犀牛的问题记下来。这几年我记了多少问题啊！现在至少一半都不记得了。最近几个星期更是什么问题也没记录，不知道自己怎么竟然忘了这件事。上一个问题还是慕尼黑的魔方屋草图，还有那个有关宝石的问题。

　　我的写字台就放在窗前。这是爸爸以前的一张旧书桌，为了塞进窗口这个位置，妈妈还特意锯掉了一小段，但很值得。冬天我可以越过前面的房子眺望远处的田野和森林；夏天桦树的树冠虽然挡住了视野，但郁郁葱葱的绿色把我的房间整个变成了一个原始森林里的树屋。

　　我注视着眼前的这片墨绿，上面已经有零星的黄色的点缀。当我打开窗子时，几乎觉得可以听到大树吞咽的声音，雨点打在树叶、地面和房顶的声音如此悦耳。忽然，我的心跳几乎停了下来。

　　小木正坐在大树中间！他赤着脚，像一只松鼠似的在我窗前荡秋千。小木只穿了一条短裤、一件 T 恤衫，浑身上下滴着水，像那天雨中起舞时一样。他简直就是一个雨人！我注意到他的右手紧致地包着白色的绷带。

　　"嘿!"他朝我喊着。

我的心跳又回来了。

"喂，你吓死我了!"

但我并没有真生小木的气，相反，他今天做什么都可以。看着他很开心的样子，我由衷地高兴。我又看了看他已经被打湿的绷带。

"很糟糕吗?"我问小木，虽然妈妈已经告诉了我发生的一切，但我这会儿不知道该说些什么，也不知道该从哪儿问起。

"你不能管管你妈妈吗?"小木没有回答我的问题，反而直接说道。

我以为小木生我妈妈的气了，但他很快微笑起来。一股暖流顿时在我心里升起，也冲散了今早被噩梦惊醒后的所有紧张情绪。

"我其实想问，你有没有时间。"小木说，"今天没法

游泳了，但我们可以去民族博物馆。"小木说话的样子，好像昨天什么也没发生一样。

"今天不行，我得去看我奶奶。"我懊恼今天跟奶奶约了时间，但她是那么渴望见到我。小木有点儿失望，但并没有难过。

"好吧，那明天，同一个时间我来找你！"

小木指着他坐的树枝，又猛力上下荡了一阵，像要压断树枝似的。"哇哦！"小木大叫着，把腿压到最低，像一只猴子一样挥舞着胳膊。他又站到另外一个树杈上，朝我挥手打招呼。他的动作很奇特，先将细长的手指并拢，然后又很快打开，我从来没见过谁这样招手。小木闪电般爬下树时，我发现他的耳垂处又积攒了雨滴。然后，他悄悄地穿过花园，偶尔在淋湿的草地上打滑，但很快又站稳了，接着再自己滑出去一段。活脱脱一个湿透了的长腿雨人!

我到奶奶家的时候，她已经站在窗口了。虽然我裹着雨衣，帽子压到鼻子处，自己觉得像一匹戴着嚼环的马，但奶奶一下子就认出了我。跟小木不同，我可不是雨人。奶奶正巧在我赶到时打开了大门，紧紧地拥抱着我，好像我是她捉的要炖汤的鸡。

"哎哟，我喘不上气了！"我叫着。

奶奶笑着松开了我，她摇摇头看着她被我弄湿的毛衣，然后把我拉到客厅，桌上已经摆好了覆盆子味蛋糕，上面加了巧克力奶油。

我一个下午都待在奶奶家，我并没有忘记小木，只是忘记了时间。之后我忍不住想，我在奶奶家的时候小木做了什么。我吃完第一块蛋糕的时候，他是不是一个

人去了博物馆，看那只古老的蜗牛。这只蜗牛是几十年前在小木住的地方发现的，那时还没有现在的高楼，只是一片农田。然后小木回家的时候是不是又雨中起舞，虽然我不在场。

有时候我们会把一些事情推到以后再做，然后发现以后根本不可能再做，因为一切都发生了变化。每个人都会有这样的经历。比如，你决定某一个时间去某一个地方，这意味着不可能同时去别的地方。而恰恰就在这个别的地方发生了一些重要的事情，你却不能在场。一扇门一旦关闭，可能就永远不会再打开它。

当我在奶奶家吃了三块覆盆子味蛋糕，开始小心翼翼地讲小木的故事时，当奶奶不小心噎了一下，咖啡洒在裤子上然后哈哈大笑时（那一刻我特别喜欢奶奶，因为她更像一个好朋友），奶奶看着窗外说"这场雨太好了！来，听听我的花园是怎么喝水的"，然后我们一起站在露台门口，倾听下雨和花园喝水的声音，就在这段时间里，小木做了一些事情。我不知道他那一刻是否也曾想到我。如果我推迟去奶奶家，是否会改变事情的经过？假如我真的跟小木去了博物馆，或许奶奶会从楼梯上摔下来？没有人知道会发生什么。事实上，时间永远向前，而不会向后，更不会转圈行进。事情也是如此，只能是发生了什么，而不是可能发生什么。事实是，我跟奶奶度过了一个美好的雨天，然后等着第二天见到小木。

但他却再也没有出现。

第十三章
亲爱的小木

　　蚯蚓没有眼睛，也没有鼻子和耳朵，所有的感知都来自皮肤。蚯蚓并非在下雨天感觉最舒服，极端天气会让它们感觉更糟，比如土壤太湿、太干都会使蚯蚓难以忍受。有人说，蚯蚓被中间截断后还能继续生存，其实这种情况极少发生。

　　从早上九点到下午一点，我一直坐在房间里等小木。我期待着他突然出现在我窗口的树枝上，看着他荡秋千，我也做好了听他大叫一声的准备。整个上午我都无法专心做别的事情。后来，我干脆自己爬到那棵树上，毕竟跟小木约的是在树上见面。树干有很多地方还很光滑，我滑倒了两次，还擦伤了手，后来终于坐到了小木昨天坐过的地方。我带着记录问题的笔记本，上面的问题"世界上最珍贵的石头是什么？"仍然没有答案，而那些句子像是遥远的回忆。我从树上朝我的房间望去，因为窗玻璃有些反光，所以看不到对面的墙，但可以看见敞开的衣柜和乱七八糟的床的一角，当然还有窗边的书桌，上面堆着一摞书，书的最上面是小木送的鹅卵石。我很想知道小木昨天在我看见他之前，是不是已经在树杈上坐了半天，是不是观察了我好久。如果真是这样的话，他到底想了些什么，比如他对我有什么样的看法。我一边想着，一边写下这些问题：如何在不问对方的情况下，知道对方对自己有什么看法？这个问题显然跟我先前记录的完全不是一个领域。

　　我从树上又往下爬了"一层"，这样可以看到我家的客厅：妈妈坐在饭桌旁看书，这会儿目光正离开书，一个人微笑着，右嘴角浮现出一丝淡淡的笑容，时间很短，但可以看得出，她不是在笑书里的内容，而是刚刚想到了什么。我又继续往下爬，直到赤着的脚踩进湿润的草里，浅褐色的泥土从我的脚趾间冒出来。我还差点儿踩到一条蚯蚓，它身子的一头从离我两厘米的土里钻了出来。

　　小时候，我经常跟妈妈做一个游戏——寻找最佳地面。我们会赤着脚走遍半个城，如果谁找到当天最不同寻常的地面，就算谁赢了。这当然有主观因素在里面。妈妈通常喜欢崎岖的路面，有起伏甚至布满荆棘，为了不弄伤脚必须小心翼翼才行，比如针叶林地面、下水道挡板什么的。而我则喜欢光滑、清凉的地面，踩在上面不觉得是走在陆地上，倒像是走在天上或者水里，比如我的塑料游泳池底或者商场露台的玻璃地板。大多数时候妈妈都让我赢。或许现在我应该问问妈妈要不要一起去散步。我小心地绕过了那条蚯蚓。

小木下午两点没来，三点也没来。我一直等到三点三十五分，然后决定去找他，谁知道他被什么绊住了呢？说不定是他妈妈让他收拾房间，或者他看天文图看得忘了时间，也或许他奶奶突然开始讲话了，一切都是有可能的。我此刻只想见到小木，想跟他玩填字游戏或者创造新词，没准我还可以教他学一小时游泳。如果我有足够勇气的话，也可以问问他，攥着一块玻璃碎片朝爸爸肩膀扔过去是怎样一种感觉。

乌云下的法杂嫩阿克酷似科幻小说里的看台。我不由得朝最顶楼望去，就是上次那个小姑娘站的窗口，她

朝我招手的那个地方。但是今天那儿没有人。所有的高楼都显得空空荡荡，像没有人居住一样。我在小木住的那幢楼前停住，这才意识到自己刚才跑得有多快。我气喘吁吁地寻找小木家的门牌，可是没找到。有机玻璃做的门牌，前天里面还有一张写着小木家姓氏的字条，今天里面却是空的，只有左下方有一小片碎的白纸片。我一开始以为自己找错了楼，但确实又在对的地方。楼门敞开着，我乘电梯上到顶层。小木说过今天要跟我见面的，可是他家门口连门牌也没有了。我按了门铃，又敲门，再按门铃，没有人应答。我的大脑像被掏空了似的，垂头丧气地回了家。

我在等小木，我知道他迟早会来找我。他会跟我讲发生的一切。他还会跟我一起去上学。我们会找到很多暑假里没有想起的新词。我们会写新的问题清单，还一起煎肉排。冬天小木会指给我看夜空的星星，我们会一起打雪仗，而且我还要认识他的奶奶。

几天过去了。我去游泳池察看小木是否在那儿。我一个人吃着草莓冰激凌，看着人群慢慢拥挤起来，那是从南部度假回来的人们，被太阳晒得黝黑。我毫无目的地在法杂嫩阿克走来走去，像一个无家可归的流浪汉。有一次我又看见了那个小姑娘，她也认出了我，想朝我跑过来，但是被她妈妈一把拉了过去。小木家的窗户白天紧闭，夜晚漆黑一片，阳台的门已经修好了。

每天早上，我都朝自己窗前的榉树望一眼。树上一对乌鸫鸟啼得正欢，叶子已经慢慢变黄了。我吃着奶奶做的覆盆子味蛋糕，跟爸爸一起在花园里除草，或者去药店给妈妈帮忙。两个星期过去了，小木再也没有出现。

九月初的一个傍晚，我坐在露台上，点了一支蜡烛，

天已经慢慢黑了。我拿出一张纸来，准备给小木写信。

我确信他也会给我写信，不管他现在在哪里。

"亲爱的小木，我今天聆听两只乌鸫鸟在树上唱歌，它们能婉转地唱出二十种旋律。"我停了下来，又拿出一张纸从头开始写："亲爱的小木，你还欠我一块肉排。"纸上出现了水滴，我知道这次不是下雨。我哭得像个泪人，一刻也停不下来。妈妈过来蹲在我身边，她的鬈发弄得我的脖子微微发痒，妈妈用两只胳膊环抱着我，像抱着一个婴儿。爸爸也轻轻地从屋里走出来，抚摸着我的后脑勺。我觉得自己像回到三岁摔伤了膝盖的时候。只是这次不是因为膝盖，再有两星期我就十三岁了。我特别喜欢爸爸妈妈的一点是，他们从不对我说"一切都会好的"。小时候我可能希望他们这样安慰我，可是现在我知道"一切都会好的"这句话不现实，总有事情不会变好的，而同时别的事情会发生或变好。只是，小木消失了，我再也不可能教他游泳了，永远不可能了。

我不知道我们三个人这样互相抱着在露台上坐了多久，就像动物园里的大猩猩家庭，它们的笼子前总是聚集着最多的人。妈妈说，这是因为大猩猩看起来跟人类很像。爸爸则说，主要是因为大猩猩的家族看起来和谐友爱，人们羡慕它们拥抱着互相挠痒痒、拔毛或者捉跳蚤的样子。我觉得爸爸说的有道理。大约过了很久我们才互相松开，我喘了口气，不再有妈妈的头发刺得我鼻子发痒，也不再有爸爸身上的煮土豆和香草的混合味道，这种味道好像只有在爸爸身上才让人觉得好闻。

妈妈坐到我旁边的一把椅子上："左妮亚，我们有一件事要跟你谈，你的生活将会发生变化，可能你也会觉得很奇怪。"她停下来看了看爸爸，爸爸走到妈妈身后，

两个人同时盯着我的脸："你要有个弟弟了。"

我盯着妈妈，嘴巴半天没合拢，就像漫画书里发出惊讶表情的人物。一开始我以为他们是为逗我开心在讲笑话。我看了看妈妈，又看了看爸爸，他脸上浮现出一种我从未见过的幸福的微笑，爸爸将手深埋在妈妈的头发里。

然后妈妈把一张黑白照片放到我面前。"这是B超照片。"妈妈轻轻地说。照片的右上方有很多数字，我不太明白这些数字的意思。照片中央是一个小小的生命最原始阶段的影像，类似于小熊糖和小海马混合的形象。我的弟弟。

"我在想，"我对爸爸妈妈说，"这是不是来得有点儿晚了？"我忍不住笑了起来，觉得腮边已经变干的眼泪像一层薄薄的甲壳覆在脸上。然后我决定去做松饼吃。

第十四章
世界上最珍贵的石头

如果问一个天文学家夏天的定义，他会说是从夏至开始，即一年中白天最长的一天，一直到秋分结束，就是白天和晚上一样长的那一天。夏天的官方定义是从六月中旬到九月中旬，也就是说，暑假开学的时候，夏天其实还没有结束。但我通常觉得暑假一开学，就得告别夏天了，每年都是如此。晚上在露台上坐久了已经需要穿一件毛衣，早上的雾气也会留得更长一点儿，就像一层厚纱不肯褪去，犹豫着要不要再给人们一个夏日。深绿色的榉树已经添了许多黄叶。爸爸收完最后一批覆盆

子，我也从角落里重新拿出放假前一天扔在那儿的书包。我取出旧的本子和字条，还清除了一粒从糖纸里滑出来粘在书包底的糖果。

暑假开学前的第三天，我跟妈妈一起去理发店。妈妈根本不需要理发。她每年只需要三次对着镜子，然后咔嚓咔嚓自己剪掉几厘米的蓬松的发卷。去理发店主要是给我理发，这对我来说生平还是第一次。理发店闻起来是化学物品和咖啡的混合味道，我的鼻子真得先适应一下。妈妈怕人又要劝她"尝试一下新发型"，所以在我手里塞了一些纸币就马上离开了，并说保证一会儿再来接我。接待我们的理发师说"需要四十分钟"，她的头发看上去像已经石化的波浪。我觉得自己一下子可怕地长大了，我说"可怕"是真正意义上的可怕。我感觉需要做出一些改变，一些看得见的改变，或许也是调整我内心和外表的平衡。这个夏天经历的事情让我的内心有了很大变化。坐在理发店那个天蓝色的人造革椅子上，我一边想一边问自己，到底发生了什么，让我一下子要改变自己的外表。

"阿妮塔！"理发师越过我的肩膀大叫了一声，我吓得像一只受惊的小鹿。

阿妮塔看上去只比我大几岁，她长着及腰的浅褐色长发，头发看起来一点儿也不僵硬，倒像是很柔软。她对着镜子里的我腼腆地笑着。不知道理发师看人是不是跟一般人都不一样，因为他们总是看着镜子里的角度，倒映的角度。我想起小木的愿望，飞到太空从高处观察世界。

阿妮塔有些犹豫地抚摸着我的头发，然后她抓起两侧的头发，好像是拿着无比珍贵的东西，问我："你想剪

什么样的发型?"

我看着镜子里的阿妮塔,忍不住笑了,她比我还要紧张。"我也不知道,随便剪吧,剪短。"我淡淡地说。

我们都笑了起来。阿妮塔的浅蓝色眼睛里也有温暖的亮亮的东西。有那么一瞬间,我甚至想跟她说小木的事情,填字游戏、游泳课、看星星的夜晚、雨中跳舞和夏天的各种经历。但是后来我当然什么也没说。阿妮塔只是在给我理发。她小心翼翼地拿起一绺头发,好像捧着柔弱的小鸟,轻轻地抚摸着它们。剪刀在我的耳边发出清晰而让人不习惯的金属声。我看着镜子里的阿妮塔,觉得正在改变的不是我的头发,而是我的模样。

终于剪完了,当我走下理发店的三级台阶时,虽然并不觉得自己像完全换了一个人,就像有些人理完发或者减肥十公斤后吹嘘的那样,但我的头发现在的确只有五厘米长，而我的脑袋确实轻松、凉爽了许多。

"哇哦！"妈妈站在台阶下惊奇地喊着。

阿妮塔隔着窗玻璃朝我挥手，我也朝她摆了摆手。

然后妈妈要去看医生，我答应去买芒果和奶酪。她最近的胃口很奇特，爸爸说这是正常现象，爸爸最近的微笑里总是带着无比的幸福。

我去了齐格勒太太开的杂货店，因为那儿什么都有：水果、蔬菜、奶酪、肉，还有我新学年需要的本子。杂货店有一个二十世纪四十年代的老式收银盒，抽屉带锁，可以通过一个装置叮地忽然弹开。收银台的后面有几个玻璃罐，里面装着泡腾棒、酸酸的软糖等零食，我小时候来买东西总能得到白送的一粒糖果。真正的齐格勒太太前年已经过世了，现在在店里的是她的女儿，也姓齐格勒，长得跟年轻时的齐格勒太太一模一样。当我把芒

果、苹果、面包、奶酪、本子和胶水等一堆五颜六色的东西放到收银台的木桌上时，小齐格勒太太已经准备好了一粒糖果给我。

"你已经长这么高了！"小齐格勒太太对我喊道。我听着有点儿别扭，因为只有看着小孩长大的老人才会这么说，而小齐格勒太太顶多才四十五岁。我尴尬地笑了笑，谢过她给的糖果。

买的东西比我想象的要重一些，我拖着布袋，稍微吃力地走出杂货店。糖我打算留着以后路上再吃，像以前一样。

我刚走出店门就看见了她。我虽然从未见过她，还是因为她的矮小立刻认出了这位老人。她笔直地站在那儿，也没拄拐杖，好像挺直腰身会增加两厘米身高似的。老人戴了一副银边眼镜，一直看着我的眼睛。是的，眼前站着的是小木的奶奶。

"你是左妮亚?"当我走近她时，老人轻声问道。

她听上去不是在询问。估计小木对我描述得很详细，以至于奶奶马上就认出了我，虽然我刚剪短了头发。

"是。"我有点儿多余地回答道。她身材矮小，我几乎要俯视着跟她说话。

"我是必安的奶奶，必安前天给我打电话了。我想告诉你，他目前还不错。"奶奶说道。

老人脸上没有任何表情的变换，就像小木经常表现出来的样子一样。但是她的眼睛里充满仁慈，这是妈妈一直喜欢用的词语。我因此可以想象小木为什么喜欢奶奶。虽然老人生活艰苦，独立支撑，但她看上去如此柔弱，让人禁不住想保护她，甚至连说话也不敢大声。"他在哪里?"我脱口问道，马上发现我的问题里带着怒气，

听上去好像奶奶把小木骗走了似的。

"可惜我也不知道。"小木的奶奶叹了口气，声音疲惫而难过，"他妈妈匆匆忙忙把他带走了，这一次没带我一起离开。她说是我告诉了必安的爸爸我们的住处，因为我跟他爸爸一直还有联系，打电话联系。必安的妈妈还说那次湖边吵架以后，她永远也不想再见到必安的爸爸。"

小木的奶奶声音越来越低，几乎听不见了。她也不再看我，而是紧盯着地面，好像地面是她的支撑似的。

"哪个湖边？"我问道，声音跟奶奶的一样轻。

"柏林的格鲁纳湖边。"小木的奶奶接着说道，"他爸爸把他按在水下，按了好长时间，很危险，有生命危险。我也绝对不会原谅必安的爸爸。"

我盯着奶奶的脸，试图在她脸上找到小木的痕迹。

小木跟他妈妈长得不像，除了眼睛以外。也就是说，小木应该遗传了另一方的基因，应该跟他爸爸或者奶奶长得更像。

"可是必安的爸爸毕竟是我儿子啊！"奶奶又说了一句，好像她必须跟我道歉似的，而且不止跟我一个人。我忽然非常同情眼前这位老人，赶紧说了句"必安很喜欢您"，别的也不知道该说什么了。第一次叫小木真实的名字，我觉得生硬得像舌头上含了一大块糖。小木的奶奶微笑着握了握我的手，她的手出奇地有力。

我本来还想问很多问题：小木小时候长什么样，他几岁第一次学游泳，是不是奶奶教会他看星星，奶奶是否继续等小木回来，像我一样。但是奶奶看上去如此柔弱，所以我还是压下了所有的问题，只是朝她微微笑了一下。

　　"多保重。"奶奶跟我说道，好像这些话是讲给小木听的。

　　妈妈在教堂边的台阶那儿等着我，她想接过我手里重重的袋子，我没有让她拿。妈妈得习惯肚子里有一个小生命，我也一样。我坐在被太阳晒得温暖的台阶上，看了看妈妈的脚。妈妈把鞋子脱了，她的脚对于她的身高来说太小了，简直像布娃娃的脚。

　　我说："我们再赤脚散步吧。"

　　妈妈笑了："玩那个古老的游戏！我都不记得上次玩是什么时候了。"

　　跟以前一样，妈妈最喜欢的地面是教堂后面的下水井盖，而我喜欢的则是今天还显寂静的校园里的一个浅井地面。在一扇开着的窗里，我看见管后勤的马丁诺维奇先生朝我们挥了挥手。

那个下午我们一起笑了很久，妈妈和我。我觉得随着掉在阿妮塔脚下的那些剪掉的头发，我已经把一些难过的情绪抛在脑后了。后来我和妈妈一起来到了那座木桥边，就是我和小木不久前待过的那座小桥，我和妈妈脱了鞋袜，放松地晃动着小腿，像我和小木上次一样。回家后，我们泡了一杯薄荷茶坐到露台上。虽然我的头发太短，不能再像以前一样用力从脸上甩开，但是当我端着薄荷茶问妈妈问题的时候，感觉还是跟从前一模一样。

"左妮亚?"妈妈的声音突然变得严肃起来。

"嗯?"我从边上看着妈妈，第一次觉得她的微笑背后隐藏着一丝忧伤，或许这种忧伤对于经历过某些痛苦的人来说一直都在，一直藏在其他表情以下，但是只有经历过同样痛苦的人才能看出那一缕忧伤。

妈妈说："我觉得，你得给弟弟起个名字。"尽管难过，妈妈还是有快乐的情绪。我想到将要出生的小弟弟，猜想着他究竟会是笨手笨脚还是聪明调皮，长着招风耳还是像妈妈一样的鬈发。他会不会对我的问题感兴趣或者更喜欢我给出的答案，然后忽然又觉得这些根本就不重要。

"叫'莲花'怎么样？"我故意开玩笑，妈妈笑了。我想到了那张B超照片。

"要不叫'小熊糖'？"

我们面前是随风舞动的榉树树枝，不时飘落下来几片黄叶。我看了看妈妈，她的宽阔的额头，眼角细细的皱纹，只有靠近时才看得见那些细纹，还有她满头像鸟巢似的鬈发。然后我说："我知道起什么名字了，叫'小福'。"

暑假的最后一天阳光明媚，好像告诉人们夏天还没有过去。我又去了露天游泳池。我总得什么时候重新开始去游泳，没有小木，一个人，那就今天去吧。阳光直射到我的脖子上。整个八月，我的脖子保护得很好，没有晒伤。我感到脖子后面有细微的气流，有些不习惯却又很舒服。当我把浴巾摊到第一次跟小木玩填字游戏的地方时，我的脑子里顿时飞过许多画面：小河、胡椒喷雾、星空、填字游戏，等等。这些画面让我的眼睛变得灼热，于是我决定马上下水游泳。

在去游泳池的路上，我看见一个熟悉的身影，穿着不到膝盖的红色短裤，是鲍尔。他晒得乌黑，甚至头发显得比皮肤还白一些，一定是去海边度了很长时间的假。我朝他微微点头打了招呼，正准备继续走开，鲍尔忽然

说道：

"你好，左妮亚！'z'开头的，对吧。"

他对我的名字有些不确定，而我惊讶于他竟然知道我的名字。

"是的，'z'开头的。"

鲍尔大笑起来，露出一排整齐洁白的牙齿："我们新学年正准备做一个新的项目，是针对全校甚至全城的一个环保项目。我们正需要人手，不知道你有没有兴趣参加？当然，看你时间。"

我能感觉到鲍尔的新想法已经占据了他的脑海，他的想法闪闪发光，让他整个人也绚烂起来。"我考虑一下。"我同样笑容灿烂地回了一句。

我刚跳进水里，就在上次跟小木一起练游泳的浅水区那儿，然后看见对面站着塞巴斯蒂安，他远远地招手，还用两只手抓着两只耳朵，我以为他只是扮招风耳嘲笑我。但他继续举着双手，沿脑袋两边摸着头发，然后又伸出大拇指笑着，不是那种让人讨厌的笑容。

　　浅水区被太阳照得像浴缸里的水一样温暖，我慢慢地走向深水区。我当然也可以直接从梯子那儿进入深水区，但是今天我还想再尝试一次，或许也是最后一次。我慢慢地在水里前行，水面渐渐没过我的膝盖、大腿和腰际。我用指尖划过水面，抚摸着那些跳动的云的倒影。我想到小木还不会游泳，可能也学不会了，或者还没有学会。说不定他什么时候再开始学，毕竟哪里都可以学习游泳。说不定有一天他会跳离水底，伸开双臂，然后发现水足以支撑他的身体。然后这个时候，我确信，小木一定会想到我。我往前跳了一小步，伸开自己的双臂，朝前面游去，平滑的水面上有天空和云的倒影。我左边

的牌子"深水区"已经被我渐渐抛在身后。

我过完生日后的第三天收到一份包裹，包得扁平而紧致，没有寄包裹人的名字，只有我的地址，字迹熟悉而潦草。我的心跳突然加快，撕开包装纸，白底上散落了一些黑色的字母，填字游戏板的背面用绿色的字母写着：

"世界上最珍贵的石头或许是鹅卵石。生日快乐。小木。"

德国青少年文学奖

Deutscher Jugendliteraturpreis

德国青少年文学奖是德国最负盛名、最具影响力的儿童和青年文学奖，由德国联邦政府部门开设，自1956年起定期颁发以奖励优秀的青少年文学作品。德国青少年文学奖旨在提升儿童和青少年文学的品质，鼓励儿童和青少年接触、探讨文学，使社会大众重视培养儿童和青少年的独立人格，每年由德国青少年文学协会成员组成评论家独立评审团，评选出德国青少年文学奖分设的四大奖项得主，四个奖项分别是：最佳图画书奖、最佳儿童图书奖、最佳青少年图书奖及最佳专业书籍奖。

除此之外，德国青少年文学奖还附设有表彰优秀童书作家、插画家和翻译家的特别奖，以及由青年评审团选出的青少年选择奖。每年的德国青少年文学奖都会在法兰克福书展上公布并举行颁奖典礼，为促进青少年的发展和德国童书市场的繁荣提供指导。